最新版

感動は人生の成功を呼ぶ

一般社団法人　日本経済人懇話会会長
神谷 光徳 Mitsunori Kamiya

ロング新書

はじめに

私はこの年齢になっても多忙な日々を過ごしているが、ハァーと溜息をつくことはない。むしろ、忙しいことを楽しみ、感謝している。

毎朝、「今日も困った人がおられたら、私のところによこしてください」と祈り、人のお役に立てることを一日の目標にしている。

誰かのお役に立てると思うだけで、エネルギーがみなぎってくる。

そうしていると、体力の限界とか、疲れたなどということは全く感じることはない。

私は、人生はお世話活動であると思っている。そう思うようになったのは、母の日々の教えと、私の信仰から来るものである。

この本ははじめ、二〇一七年八月に別の判型で出版したものであるが、読んでくださった方から、「一気に読んだ」「感動した」「涙が止まらなかった」など、私自身がびっくりするほど多くの反響がよせられた。

この度、さらに気軽にお読みいただけるように、そしていつでも携帯できるようなハンディな形にして出版することになった。


こんなことがあった。

私は大阪で講演をする機会があり、その時、講師の控え室に「面会の女性が訪ねて来られています」と告げられた。

お会いしてみると、

「神谷先生の本を息子に読ませました。先生にお礼が言いたいのです。少しお話できないでしょうか」

ということであった。

息子さんはこの二十年間、アルコール依存症で、時には暴力をふるうこともあり、手が付けられないほどの荒れようだったという。

「病院に入院してアルコールを絶っても、退院するとまたすぐにアルコールに手を出してしまうのです」

酒を隠すと大暴れして、家に閉じこもりっきりになっていた。

信仰深かったご主人も亡くなり、相談する人もいなくて、彼女は余りの絶望感に、何度息子を殺して自分も死のうと思ったかわからないと言う。

息子の指を食いちぎろうと思って噛んだこともあり、精神状態はおかしくなっていた。

そんな時にこの『感動は人生の成功を呼ぶ』を読んだ彼女は、息子に
「この本を読んでごらん、いい本だよ」

と言って、枕元に置いたそうだ。

するとは何日かして、まったく思いもかけず、その息子が着替えをして、「お母さん、僕もこの本の人がやったように、神社に行って来るよ」と言って、近所の神社へ出かけたという。

それから毎日、神社に通うようになり、彼の日課となった。同時に、言葉遣いが丁寧になり、身なりを整えて生活する日が続くようになった。

ある朝、彼女がいつもの通り仏壇の前で祈っているとき、ふと人の気配を感じたので振り返ってみると、息子が母親の後ろで手を合わせていた。

それを見た彼女は、驚きと感動のあまり亡くなったご主人に、

「お父さん、ありがとうございます。息子がこんなになってくれました。お父さん、お父さん」

と呼びかけた。とめどなく涙が流れたという。

そして、一カ月が経ったある日、

「仕事をしに行く」

そう言って、自分で探してきた仕事にも通うようになった。

長い間、人には言えないほどの訳があり、お酒におぼれる日々があった。それは一気にすべて解決するほど簡単なものではないかもしれないが、二十年の習慣をこの本が動かしたことを、母親は私に話さずにはおられなかったのだと思う。

私自身も、大変驚くと同時に、このような形でお役に立ったのかと思うと、熱いものが胸に込み上げてきた。

また、本を読んで「泣けて、泣けて」と、電話で感想を伝えてきた人もあった。

元刑事だが、退職し起業をして頑張っている彼に初めて会った時に、私はこの本の話をした。私は滅多なことでは、自分のことを言ったりはしないが、なんとなく自然に出た言葉であった。

彼は、その帰りに本を注文し、本が届くと一気に読んだが、泣けて泣けて仕方がなかったそうである。

「どこに感動したの？」と聞くと、彼は意外な反応をした。

「神谷会長が、前にいた会社に恩義を感じ、大きな仕事を取ってお返しをしたこと、そしてそのことに対する社長の感謝の表し方など、まさに義理、人情、恩返しの世界に、男として憧れました。凄いと思います」

そして、

「ただ、私はずっと君と仕事をしたかった」

と言った社長の言葉に、彼は声をあげて泣いたということだった。

彼の話を聞いて、この本は読む人によって、いろいろなかたちでお役に立つことができている、とあらためて、胸がいっぱいになった。

今日も、私は全力で祈り、走り続けている。

「ありがとうございます」と、感謝の言葉が湧き上がってくる。

この新しい本が、読んでいただいた方に、何かの形でお役に立つことを心から願っている。

神谷光徳

もくじ

編集協力／馬里邑れい

《最新版》
感動は人生の成功を呼ぶ

プロローグ

生きていく、ということはどういうことなのだろう。

肉体と心の繋がりはどうなのだろう。心という魂が肉体という衣をまとって人は生きていくのだと私は思う。

真に生きるということは魂を磨きながら生きていくことだと。

しかし人間は学んだその時はもっともだと深く頷《うなづ》くが、時とともに忘れる。忘れないためには、常に思い起こす必要がある。それは誰のためでもなく、自分を高めようとする自分のために。

人は誰も心底では向上したい、いい人間になりたいと望んでいるはずだ。それが誰もが持っている人としての心の叫びだから。私は素直にその声に従いたいと思う。

二十八歳の時に、私はかつてない窮地に立たされた。取り返しのつかない事故を招くに至ったのだ。それまでの生き方の報いを受け、精神がずたずたになった出来事だった……。

社会人になって五年目の私は毎日が充実し、生きがいを感じながら仕事をしていた。二百名ほど従業員がいる建設会社に入社して間もないというのに、面白いほど仕事は取れた。

しかし最初の三年間は苦労した。私が入社した会社は公共事業が多かったのだが、がむしゃらに営業しても、それがすぐに結果として現れるわけではない。

頭を下げ、当社の優秀さを熱っぽく説明し、接待の席で「神谷君、今度こそ、君のところだよ」「神谷君、次の仕事はおたくに行くからね」と業務屋（談合屋）に告げられては糠《ぬか》喜びし、何度肩透かしを喰わされたことだろう。

結果はいつも他の会社に決まる。どうしてだろうと考えた。接待はしっかりしているはずなのに……。このままでは仕事にならない。

それでは……と、私なりに方法をひねり出し、試してみることにした。

仮払いという形で会社からお金を預かった。そして私は接待の席で頃合いを見計らい、業務屋がトイレに立つとその後をそっとついて行き、「ちょっと」と声をかける。そのタイミングでトイレで万札を数枚、業務屋のポケットに入れた。効果はすぐに現れた。仕事が取れたのだ……。それの繰り返しで舞うように受注ができた。

芸者の接待なら赤坂でしょう、銀座でしょうと、高級料亭に業務屋を招待してはトイレでの札渡しを繰り返した。

私の営業成績とともに会社の業績は伸び続け、私は有頂天になった。私には才能があるようだ……。商才といってもいい。

意見する人は誰もいなかった。得手に帆を揚げたような日常を送っていた。料亭に週に何度も通うものだから、そのうちに芸者さんともいい仲になり、逢いたいと勝手に家まで訪ねてくる始末だ。

綺麗な着物姿で訪れる芸者さんに、お袋は仰天しながらも「いつもお世話になっております」と丁寧に対応し、ここは狭い家なので……と家に入れることはしなかった。それも一人や二人ではなかった。結果、お袋はとうとう堪忍袋の緒を切らせ、「ここに座りなさい」と私を卓袱台《ちゃぶだい》の前に座らせた。

「おまえのやってることは、五十、六十の男がやること。それもわからないのか！　戦死したお父ちゃんに申し訳ないと思わないのか！」

と卓袱台《ちゃぶだい》を強く叩いた。

ハイハイ、と返事だけはしておいて私は反省もせず、生活を改めることもなかった。会社の業績をあげ、さらに自分も生きがいを感じる日々を送っている。私の生き方は間違っていない、そう自分に言い聞かせていた。


そんな時に事件は起きた。

その日は日曜日だった。私用で横浜にいた私は、夕方、車を運転し横浜市内を走っていた。制限速度を四十キロもオーバーし、走行していた。

と、突然、何かが電柱のかげから飛び出してきた。あっ！　という私の叫びと、ドン！　と鈍い音、ガツッ！　と車に衝撃が走ったのは同時だと感じた。

「……」

一瞬の出来事に全身が凍りついたまま動けなくなった。

前方には撥ねられた子供が倒れていた。うつ伏せに倒れたまま起き上がろうとしない。私は恐怖の余り、歯がガチガチ鳴るぐらい震え、足が前に出なかった。

やっと車から出ると、

「大丈夫か！」

駆け寄って声をかけたが、子供はピクリとも動かなかった。

「大変だ……」

私は全身が硬直していくような恐怖にとらわれていた。

それでも何とか力を振り絞って子供を抱きかかえ車に乗せると、近くの病院に運んだ。事の経過を説明すると病院側はすぐに警察に通報した。

ものの五分も経たないうちに、けたたましいサイレンとともにパトカーが到着し、私は子供の容態を知る暇《いとま》もなく、パトカーに乗せられ署まで連れて行かれた。

警察署の個室に入れられると、すぐに取り調べが始まった。動揺は抑えられなかったが、覚えている限りのことを私は包み隠さず話した。

刑事の咎《とが》めるような視線に射《い》すくめられながら話すのは苦しかったが、全ては自業自得。仕方ない……。私は目が合うたびに俯《うつむ》き、こらえながら話した。


どのぐらい時間がたったのか……。ドアをノックする音がして別の警官が入って来ると、私と向かい合っている刑事に紙切れを渡した。それを見た刑事は憎悪のこもった鋭い視線を私に向けた。

「おまえ……」

刑事は今にも掴みかかりそうな勢いで立ち上がった。

子供に何かあったのか……威嚇《いかく》するような刑事の目に、私はガッと心臓がえぐり取られたような衝撃に襲われた。

「今、病院で……」

刑事はそう言ったまま、後の言葉を飲み込んだ。

まさか、まさか……。そんなこと……あってはならない……。

私は身体も心も汚物の中に沈み込むような感覚に襲われ、意識が混濁し、言葉も発せられなくなっていた……。

1　別離の朝

昭和十九年七月、その日はいつもの朝とは違っていた。

私はまだ五歳の子供だったが、重苦しい空気は感じることができた。いつもならお袋にまとわりついて騒いでいる二歳の妹でさえ、その日は何かを察しているかのように静かだった。

寡黙な父親はさらに黙りこくり、お袋はその空気を和らげようと、つとめて明るく他愛のない話をするのだが、言葉が空回りするばかり。

やがて喉が乾ききったような、カサカサとしたかすれ声に変わり、しまいには聞きとれぬくらい小さい声になってしまった。

すると、意を決したようにフーッと息を吐き、

「お父ちゃん……銃後の憂いはありませんよ。どうぞ、安心して出征なさって

ください……」

お袋は力強くそう言った。父親は目を瞬《しばたた》かせた後、ゆっくり頷いて「子供たちを頼んだぞ……」そう言った。

父親もお袋も、必死に堪えているような固い表情をしたままお互いを見ていた。

小さな卓袱台には尾頭付きの鯛の皿が父親の前にだけあった。

「お父ちゃん、どうぞ召し上がってください」

鯛を勧めるお袋の目に少しだけ笑みがこぼれた。

「ああ、ありがたく頂くよ」

父親は頷くと、箸でゆっくり身をほぐし口に持っていった。

私とお袋の前には、ごはんとみそ汁と卵が一個あるだけだった。父親が口にしている鯛を食べてみたいと思ったが、言えなかった。

「お父ちゃん、お代りを」

美味しそうにご飯を食べる父親を、嬉しそうに見ながらお袋はご飯をよそっていた。でも、お袋の茶碗のご飯は半分もなくなっていなかった。箸が進まないのだろう。父親はそれに気がついて、

「食べないと、力が出ないぞ……」

お袋の目を見ないでそう言った。お袋は黙って頷いた。それでもご飯が喉を通らないようだった。

朝食が済んだあと、父親は軍服に着替えた。父親は当時、東京の八王子で町医者をしていた。お袋はずっと父親のそばを離れなかった。私や妹が眼中にないようなそぶりをするお袋を見たのは初めてで、父親が戦争に行くことの意味を深くわかっていなかった私には、そんなお袋の態度が解せずに少し不満だった。

それから父親は神棚に手を合わせ、しばらく目を閉じていた。この神棚は父親とお袋が結婚した時に誂《あつら》えたものだった。

父親は神仏というものは、いかなる時にも大切にしなければならない、と語っていた。特に年の始めには深く神棚に向かって祈っていた。正月には家族旅行に出かけたり親戚に遊びに行ったりする人が多かったが、私の所では静かに家で団欒の時を過ごした。毎年そうだった。

正月はわさわさと遊ぶものじゃない、一年の始まりを静かに迎える、それは日本人が大切にしてきたしきたりである、と父親は語っていた。私は子供だったがこの言葉は後々まで脳裏に残ることとなった。

私は今でも父親の言葉通り、正月は外に出向くことはしない。親の言動がいかに子供に影響するかを如実に物語っている。

私たち一家は歩いて八王子の駅に向かった。お袋はリュックを背負った上に妹もおんぶしていた。駅には、幾人もの見送りが来ていた。軍服を着て汽車を待っている人も何人かいた。

駅の中は日の丸の小さな旗を持った人でごった返している。笑顔の人もいれば、思いつめたように真剣な表情で見送る人もいた。

お袋は目が合うと見知らぬ人にも小さく挨拶をしていた。お袋なりにご苦労様です……という思いなのだろう。

「それじゃ、行ってくる」

父親はお袋にそう言うと、母親の背中にいる妹の頬を撫でた。それから私の方を向き、

「お母さんを困らせないように」

そう言って、私の小さい手を自分の手の平に乗せ、じっと見ていた。

「立派な男になるんだぞ……」

余りにもしみじみと見ているので、私は嬉しいというより何だか落ち着かない気持ちになった。

父親は汽車に乗る前にお袋に言った。

「この二人にはしっかりと教育を受けさせてくれ……それが私の願いだ。頼むぞ」

私と妹を交互に見ながら力強く言った。

「はい……」

お袋は強く頷き、その姿に父親は安心したように汽車に乗り込んだ。

発車の汽笛が鳴ると、その大きな音に私の胸はにわかに動揺した。

「お父ちゃん……」

つぶやきながら、ゆっくり動きだす汽車を追ってお袋が歩きだした。私もあわててお袋を追った。

父親は立ち上がったまま窓からその姿をじっと見ていた。手は振っていなかった。ただただ、お袋を見ていた。


汽車は徐々にスピードをあげていった。するとお袋は、

「お父ちゃーん！」

そう叫ぶと、突然走り出した。無我夢中で、周りが何も見えていないような走り方だった。私はお袋について行けず、距離が離れていく……。

「お父ちゃーん！　お父ちゃーん！」

お袋はなりふり構わず走り続けた。背中で妹の頭が左右にブルンブルンと激しく揺れる姿に私は驚いた。妹の頭が取れるのではないか、と心配した。お袋は背中にいる子供を忘れて走っていたのだ。

やがて汽車は小さくなり、しだいに点になり、視界から消えてしまった。

「お父ちゃん！」

お袋は立ち止まってもまだ叫んでいた。顔が涙でぐしょぐしょになっていた。お袋の涙を見たのはこの時が初めてだった。私はどうしていいのかわからずに、お袋のそばで、無言のまま棒立ちになっていた。

戦争に行くと言っていたが、それは泣くほど悲しいことなのだろうか……。父親はいつ家に帰って来るのだろう……。それとも帰って来ないのだろうか……。私は繰り返し考えたが、一度もお袋に訊くことはなかった。

父親の姿を見たのはその日が最後だった。見送ったその日が、父親との永遠の別れになった。

2　四畳半一間の暮らし

父親がいなくなって三人だけの淋しい生活に耐えながら、無事に戻る日を祈っていたある日、お袋の実弟から、

「姉さん、すぐに横浜の実家に身を寄せて！」

と緊迫した声で電話が入った。香港にいた弟は空軍に所属し戦闘機にも乗っていた。

「近々に東京は大空襲を受けて、全滅する！」

お袋の弟は日本の情報をくわしく把握していたようだ。私たち親子は急きょ、お袋の実家がある横浜に行くことになった。実家に同居させてもらうことになったのだが、四畳半一間が私たちの部屋だった。

横浜に移って間もなく叔父さんの情報通り東京の大空襲があった。私たちは

茫然と、真っ赤になった空を見ていた。

私たちが住んでいた八王子の自宅もその時全焼した。


生き延びた私たちは、三人で身体を寄せ合うようにして暮らした。お袋は三ツ輪煉炭という所に勤めることができたが、父親がいた頃と違い、暮らしが楽でないことは子供の私にもひしひしと伝わってくる。

妹は仕事に出かけるお袋を毎朝「お母ちゃん、お母ちゃん、行かないで！」と泣きながらずっと追いかけていった。その妹をなだめて、家に連れ戻すのが私の役目だった。

二人の子供を育てるのに必死のお袋は、毎朝、心を鬼にして、追ってくる妹をふり切り、角をまがって姿を消した。その時の心中たるや、まさに胸がはりさける思いであっただろう。

私は小学校の高学年になると、家から少し歩いた場所にある店の主人に、「納豆を売らせてください」と頼んだ。納豆は多くの家の朝食に並ぶものだ。

事情をわかってくれていた主人は納豆売りを快諾してくれた。毎朝十五個の納豆を預かって行ったが、売れ残ることもある。そうすると家の近所のおばさんたちが買ってくれた。私は嬉しくてそのたびに何度も何度も頭をさげた。

中学生になると牛乳配達、新聞配達と手を広げた。毎朝五時起きだった。私より早く起きて、出勤前に朝食とみんなの弁当を作っているお袋は、必ず私に声をかけた。冬になると、

「寒くないかい……寒くないかい……」

何度もそう言って納豆を売りに行く私を見送ってくれた。優しさに満ちたその声は、私をどれだけ温かい気持ちにしてくれたことだろう。

私は元気に、「寒くないよ！」と納豆売りに行くことができた。今でもその時のお袋を思い出しては目がしらが熱くなる。そして朝食の納豆についているからしを手にすると、当時の水で溶いたからしの香りがしてくる。

貧しい生活の中でもお袋は年に四、五回、映画に連れて行ってくれた。

「時には、知らない世界のこと楽しいことを味わうことも必要なんだよ」そう

言っていたが、映画の切符は大人一枚しか買えなかった。私と妹はお袋の背中にピタリと張り付き、お袋は切符売りの人に私たちが見つからないように体を斜めにして館内に入り、映画を観たものだった。テレビもない時代のこと、映画ほど私たちをワクワクさせてくれるものはなかった。とても贅沢な時間を過ごした気持ちだった。

映画だけではない。夏には海水浴にも連れて行ってくれた。子供たちが貧しさにひがまないように踏ん張ってくれたのだ。

父親は満州から引き上げることなく、軍医としてそのまま現地に残り、昭和二十八年一月二十三日、満州の吉林省で亡くなった。三十八歳の若さだった。最後は、電気もなく燭光の明かりが灯るだけの、人里離れて百里の職工病院の院長をしていたという。

院長という肩書だけで、物もなく、衛生面も非常に悪い環境だ、とお袋の姉に手紙を出していた。日本に帰りたいと何度も綴られていたそうだ。

しかし帰国は叶わないまま、ここで生きると肚を決め、難産の村人を助けたり、麻薬に取りつかれた人たちを更生させ、満州新聞にも載った。それが使命でもあるかのように人々を救っていた。薬を再生させる工夫をし、命を助けた恩人であると書かれた新聞が伯母の元に残っている。

一月二十八日、父親の遺骨とわずかばかりの遺品を運んで、氷川丸が舞鶴港に到着した。引き上げ船の最後の船だった。

遺骨と一緒に聴診器、注射器も看護婦が持ってきた。遺骨を受け取ったお袋は終始毅然《きぜん》としていた。

家に戻ると、ぼんやりと父親の写真を見ていた。時折放心したように天を仰ぐお袋だったが、どこかに置いてきたように、涙は見せなかった。

お袋とは逆に、私は父親を思い出しては胸がつまった。そして布団を被《かぶ》って、お袋に気づかれないように何日も泣いた。

学校で担任の先生に「お父さんはまだ帰って来てないの?」と訊かれても、亡くなったとは言えなかった。担任は大島道子といい、とても美人の先生だった。大分経ってから「父はとっくに亡くなりました……」と告げると先生は大粒の涙をぼろぼろこぼして、「神谷君ごめんね、知らなかったから、いつも聞いてしまって、本当にごめんね」そう言って泣いた。

ある日お袋は、決心したように私を見つめ、「いつまでもこうしていては、天から見ているお父ちゃんに叱られます。あなたたちを立派に育てる約束をしたのだから」と自分に言い聞かせるように言い、妹の頭を愛おしそうに何度も撫でた。

高校生になると、私は戦争遺児奨学金というのを貰って学校に通った。クラスでは只ひとりで、何だか肩身の狭い思いがした。このことが恥ずかしかったのは、若かったからだと思う。

それでも気の合う友達は幾人かいて、彼らはまったく差別することなく付き合ってくれて、ともに学び、ともに遊んでいた。とくに松村君とは仲がよかった。

「松村、今日も机借りに行っていいか」

私はよく松村君に訊ねた。

「遠慮するな、いちいち訊く仲じゃないだろ」

松村君は笑顔で答えてくれた。私は魔法瓶にお茶を入れて彼の家に行き、机を借りて勉強した。松村君の家は大きくはないが、自分の部屋を持っていたので、私も行きやすかったし、松村君の両親もいい人で、「遠慮しないで泊まって」と私をよく泊めてくれた。

お袋は、家でも勉強できるだろう、松村さんに迷惑かけるな、といい顔をしなかった。それでも四畳半一間に家族三人では、さすがに勉強に集中することはできなかった。

家の事情を考え、私は高校を卒業したらすぐに就職するつもりでいた。担任の教師にもそう伝えてあった。

3　父の遺言

担任の教師はホームルームの時間や数学の時間になると私の席に来て、小声で「おまえ、大学に行け」と言い出すようになった。何を勝手なこと言っているんだ、と私は意に介さなかった。

するとある日、私は担任に職員室に呼ばれた。

「おまえ、大学を受験しろ」

担任は小声ではなく、真面目にそう言った。何をねぼけたことを言っているのですか。私の家の経済状態を知っているでしょう?

「大学など行けるわけがありません。誰がお金を出すのですか!」

家庭の事情など何もわかってはいない教師を私はにらみつけた。しかし教師はこう言った。

「おまえのお母さんに、〝私が言っても、光徳は聞き入れません。どうぞ先生から言ってください〟そう言われた」

仕事をしていたお袋は時間がなくて父兄会に来たことがなかった。

「お母さんは初めて学校を訪れて、私に説得してほしいと頼んでいった」

「勝手なことを言わないでください」

毎日の生活もままならないというのに、大学など行けるはずがない。こんな問答しているのは時間の無駄だ。私はくるりと踵《きびす》を返し職員室を出ようとした。

「待て！」

教師は私の腕を掴んだ。

「お父さんとの約束だそうだ。お母さんはその約束を守りたいとおっしゃっていた」

出征の日、父親が言っていた言葉は私も覚えていた。しかし、だからといって今の状況では無理な話だ。なのに担任は強く言った。

「大学に行く決意だけはしろ！」

私は返事をせずに家に帰ると母親に宣言した。

「私は就職します。お袋を早く楽にさせてあげたい」

しかし母親は首を縦に振らなかった。

「光徳、私はお父ちゃんにたったひとこと言われたのです。子供二人の教育を頼むと。お父ちゃんはただそれだけを願ったのです。それを私がやるだけなのだよ。だから大学に行っておくれ。これはお父ちゃんの遺言だよ」

お袋の表情は真剣で有無を言わさぬ迫力があった。これだけは何としてもやり遂げねば、といった頑《かたく》なな目で私を見据えた。

「…………」

私は立ち尽くしたまましばらく無言でいた。

「頼むから、大学に行っておくれ」

お袋は譲歩しなかった。私は逆らっても無駄だと観念した。

心中を正直に言えば、私にも大学で学びたい、という願望はあった。けれども我が家のこの状況では到底無理な望みと諦めていた。

妹の進学もあるのだ。お袋は今以上に身を粉にして働くことになるだろう……。

どうしても気になるのは大学に必要なお金のことだった。お金が降ってくるわけでもない。どうするつもりなのだろう……。


担任は私にこうも言った。

「おまえ、ラグビーをやっているだろ」

「はい……」

私は高校の三年間、ラグビー部に所属していた。風邪をひいても練習を休むことはできなかった。練習に練習を重ね、膝がガクガクして階段が登れない、毎日尻がビリビリしてお風呂にも入れない。そのワケはタックルの練習中に、気合を入れるためだと木刀で何度も尻を叩かれるからだ。練習帰りはくたびれて駅のホームのベンチに横になると、そのまま寝込んでしまう。

近所の人が「おたくのお子さんがベンチで寝てますよ」とお袋に伝えても、

お袋は迎えに来ることもなかったし、ラグビーをやめろとも言わなかった。

トイレにも行けないほど練習に明け暮れて、傷だらけになって帰る私に「お父ちゃんが守ってくれるから大丈夫」と言い切ってくれた。

三年間夢中でラグビーをやってよかった。私の青春であったし、根性もここで鍛え上げられた。


「日大のアメリカン・フットボールで活躍してはどうだ」

担任はそう言った。実際に私は日大のグラウンドに二、三回練習に行っていた。推薦があれば、試験は受けなくていいと聞いて私は小躍《こおど》りしたのだが、代わりにフットボール用の防具代が必要だった。現在のお金で百万円という大金だ。とても出せるお金ではない。私は推薦入学を諦めなければならなかった。

やはり進学など無理だ……。お袋がいくら望んだとしても……。

そんな日々が続いたある日、お袋の妹の旦那さんから電話があった。

「光ちゃん、ちょっと家に来ないか」

随分と久しぶりに聞く声だった。

横浜に住むこの叔父、小林勝太郎は癖のある人物で誰彼かまわず説教するものだから、親戚中から敬遠されていた。

叔父は慶応の経済を出たインテリで、日本橋で喫茶店を経営し、株投資にも精通し、豊かな生活をしている。

その叔父に呼び出されたということは、私も何か文句を言われるのだろうと、覚悟して行った。

「光ちゃん、学校はどうするんだい」

いきなり叔父は訊いてきた。

「はい、お袋は望んでいますが、経済的に……」

私が俯くと、

「行った方がいいよ」

叔父はいつになく優しく言った。

「入学金は僕が出してあげるよ」

「えっ……」

私は冗談かと、叔父の顔をまじまじと見た。

「ただし、経済学部にしな。その方がつぶしがきく」

叔父は、日本が敗戦のショックから立ち直り、再び世界と肩を並べるほどの大国になるためには、経済の発展は不可欠だ、と語った。

叔父のお陰で進学できることになり、私は受験するために以前より増して松村君の家にお世話になって猛烈に勉強することになった。


運よく日大に合格すると、叔父は入学金ばかりではなく、一年間の授業料もポンと出してくれた。現在のお金に換算すると三百万円ぐらいだろうか。経済的に苦しかったお袋はどんなに助かったことか。

叔父夫婦には子供がいなかった。叔父が亡くなった後は、私たち夫婦で多磨霊園に眠る叔父夫婦の墓守をさせてもらっている。お世話になったせめてもの恩返しだと思っている。もう二十年以上になる。

4　愛しのモサたち

日大の経済学部に入学した私は、すぐにアルバイトを始めた。奨学金だけではやっていかれないし、お袋にも迷惑はかけられなかった。

どうせなら大きい会社がいいとヤマト運輸で始めた。学生アルバイトは百五十人ぐらいいて、お中元やお歳暮など忙しい時期でも我々アルバイトが自転車で配達するのだ。

自転車の後方に頑丈でばかでかい籠がついている。それに荷物を乗せて配達して回る。出来高制だから暑い日も寒い日も懸命に配達したが、それでも一日三百八十円ぐらい稼ぐのがやっとだった。現在に換算すると三千円ぐらいだろうか。

重い荷物をマンションに運ぶのはかなりきつい。高層ビルでなければエレベーターもない時代だ。腕に筋肉がついたのか、それともパンパンに腫れてしまっているのかもわからない状態だった。

マンションの五階まで重い荷物を運んでも、「うちは公務員だからこういうものは受け取れない。持って帰ってくれ」と玄関で言われることもあった。それでも辞めようとは思わなかった。「どんな仕事でも楽なものはない。だからお金がもらえるのだから」とお袋は言っていた。


私は四年間そこでアルバイトさせてもらったが、仲間もできた。法政大の重森、横浜市大の菊池、神奈川大の木本、東京農大の平岡。日本大学の鈴木、明治大学の奈良崎、彼らは空手や柔道をやっているモサだった。

元気のいい我々七人は、いつの間にか他の学生アルバイトを仕切る頭のような存在になった。

欠勤したくなるような日でもバイトを続けられたのは、主任の山本さんの存在が大きい。バイト生は皆、配送センターの主任をしていた山本さんを慕っていた。

配達先で愛想が悪いと怒鳴られたり、持ち帰ってくれ、と荷物を突っ返されたり、三十キロもある荷物を四階のマンションまで息を切らして運ぶこともある。

そんな時、山本さんの「怒鳴られながらよくやったね」「そうか、受け取らないと言われちゃしょうがないねえ」「重い荷物持って階段を上るのは一苦労だな。けど、必ず学生時代のいい思い出になるから」とタオルを渡してくれたり、時には汗だくで荷物を持っている我々の額を拭いてくれたりした。

人手が足りない時は嫌な顔ひとつせずに、自ら配達に出かけた。接するほどに山本さんの実直さが伝わってくる。

課長になってもいい年齢だし、実力もあるのに山本さんは、「私は中学しか出ていませんから、万年主任なのですよ……」寂しそうにそう言った。

山本さんのように仕事ができる人が、学歴がないというだけで出世できないのはおかしい……。学歴があるゆえに肩書きのある年下社員に、ぺこぺこ頭を下げている山本さんは見るに忍びなかった。

よし、私が行動を起こす……山本さんを係長に……。

山本さんはどんな客の苦情にも丁寧に対応し、会社のために労を惜しまない人だ。上司からみそくそに怒鳴られても黙って頷きながら聞いている。

四年間アルバイトをさせてもらって、その姿勢が変わらないことを知った。我々学生にはとても勉強になった。こういう上司を目標にして将来頑張っていきたい、と皆が思った。

その山本さんが中学しか出ていないことを理由に、昇進できないのは腑に落ちない。私のその憤りは収まらなかった。


直訴しよう……オレがやる……。私は密かに思った。

決心すると、私は一人で横浜支店に出向き、支店長に会った。

「山本さんを昇進させてください。係長にしてあげてください。我々バイト生全員のお願いです」

と頭を下げた。支店長は、バイトの分際でおまえはいったい何を言ってるんだ、と呆れ顔だったが私は真剣だった。何が何でも承諾させる覚悟で来た。しかし支店長は山本さんの主任止まりは当然であろうという口ぶりで、係長になれるわけがない、と完全否定した。

山本さんがどれだけ会社のために尽くしているか訴えても聞き入れてもらえなかった。私は憮然としてその場は退いたが、このまま引き下がれない……我々学生の山本さんに対する敬意は、昨日今日で生まれたものではない。

どんなに大変な時でも、仕事した後の充実感や達成感を味わわせてくれたのは山本さんだ。山本さんの「ごくろうさん、今日は暑くて大変だったろう」という労《ねぎら》いのひとことでどれだけ暑さが吹っ飛んだことか。山本さんを笑顔にするために休まず頑張ろう、という気持ちにさせてくれた。

アルバイトの学生に対して威張ることなく虚勢を張ることもなく、きちんと対応してくれたのは山本さんだけだ。学生たちが皆、誉めている。人望の厚いまさに係長、課長にもふさわしい人だ。それを昇進させないとはどういうことだ……。

　このままでは終わらせない。


「ストライキをしよう」

　私が声をあげた。「異議なし！」と全員が賛同した。

　夏のお中元の時期だからもってこいだ。私に異を唱えるアルバイト生はいなかった。皆、付いていきます、と言った。

　ストライキをされて困ったのはもちろん会社側だ。しかし一日目は高をくくっていたようだ。二日目になってようやく事の重大さに気づいた会社側は青ざめた。

　お中元の品々が配送されずに、山のように倉庫を埋め尽くしているのだ。入りきる倉庫はもうない。早く配送しないと、賞味期限が過ぎてしまう贈答品もある。

山本さんは、お願いだからストライキなどせずに仕事をしてくれ、と私たちに懇願したがバイト生は聞き入れなかった。額にタオルを巻き、腕を組み倉庫の前に座り込んだ。まるで労組のように団結した格好だった。

するとストライキ三日目に横浜から、部下を引き連れて支店長が来たのだ。

「頼むから。もう勘弁してくれ」

支店長は両手を合わせて頼み込んだ。

「このままではお客さまから苦情が来てしまう！」

支店長は何度も、頼むから、頼むから、と頭を下げた。それでも私たちが首を縦に振らずにいると、財布を取り出し、

「皆で飯でも食ってくれ」

と腕を取り、手のひらにお札を何枚か乗せようとした。金なのか……と一瞬驚いた。これだけあればバイト生全員、飯だけではなく酒も飲める。けれどこれは貰うわけにいかない。私はその金を突っ返した。まだまだストライキは続

けるつもりだった。

支店長をあしらおうとした時、山本さんが私たちの前に立ちはだかった。

「神谷、やめろ！　頼むからやめてくれ。仕事に戻って私を安心させてほしい」

山本さんは今にも泣き出しそうにそう言った。

「…………」

私たちは互いの顔を見合わせた。誰も言葉を発する者はいなかった。山本さんの必死な瞳に抗《あらが》うことはできない……。山本さんがそう願うのなら、私たちは従うしかなかった。

「わかりました、仕事には戻ります。早く山本さんと仕事したいですから」

支店長の前で淡々と言葉にすると、支店長は苦々しい顔をし、ラーメン券五百枚を置いて行った。我々はストライキをやめ、仕事に戻ったが、山本さんの役に立てなかったことが悔しかった。

しかし縁というものはどこで繋がっているかわからないものだ。私は後にこのヤマト運輸の社長を、ある会主催の講演にお招きすることになるのだから……。アルバイトの時代は一度もお目にかかったことはなかったというのに……。

大学も卒業間近になり、我々有志七人で山本さんを呼んでお別れ会を開こうということになった。カウンターと座敷がひとつだけある小さな居酒屋だった。山本さんに、ここでのアルバイトがどれだけ楽しかったか、山本さんがいたからチームワークも取れたと感謝の言葉を述べると、山本さんは感極まった表情をしていた。

どのぐらい時間が経過したのだろう。他の客がすべて帰ったのを見計らい、重森はテーブルの上に乗った。彼は法政大の応援団のリーダー長でもあり神宮の花形だった。

「フレー、フレー、山本！」

両手を挙げて応援する姿は堂に入ってみごとだった。我々もフレーフレー山本！　と続けてエールを送った。居酒屋の主人は、テーブルに乗っている重森をとがめることはしなかった。

「神谷、ありがとう！」

感極まった山本さんは私を抱きしめて号泣してしまった。すると他の五人も円を描くように山本さんと私の肩を抱いた。皆泣いていた。

四年間に及ぶ山本さんとの思い出をしっかり胸に抱きとめ、我々は社会に飛び出して行く……。山本さん、ありがとうございます……。

山本さんはストライキ事件を口にすることはなかったが、会社と我々の板ばさみになって辛い思いをしたに違いない……。それさえも口にしない山本さんだった。若さゆえ後先を考えることなく無謀だった我々の行動を許して欲しい。

居酒屋での別れ際に山本さんは再び「神谷、今日は最高の日だった……本当に、本当にありがとう！」と礼を言った。澄んだ瞳だった。そして、また泣いた。男の涙だった。今もその日の山本さんの姿が目に焼きついている。

本当に充実した思い出深い四年間だった。他の大学生ともここで意気投合し、酒も酌み交わし、日本の将来について語り合ったりもした。学業よりも熱心にこの場に通った。学生仲間とアルバイトを終えて朝まで談義しても疲れは感じなかった。ここで出会った友人たちは皆、闘志を胸に抱き、熱かった。

アルバイト生活に重点を置いたものだから大学の成績は芳しいものではなく頭を抱えたお袋は「カンニングしてもいいから卒業しておくれ。うちには留年させるお金は一銭もないのだから」と言った。

お袋らしくない凄いことを言うものだなあと仰天したが、それだけ生活はぎりぎりだったということだろう。留年させるだけのゆとりなどなかったのだ。

5　かくも大胆な面接

私は大学を卒業すると、建設会社に入社するのだが、その前に上場企業の、主に紳士服を扱うO社の入社試験を受けていた。そこの会社には受からなかったが、忘れられない思い出がある。

大学の求人案内にあったその会社の推薦枠は三名で、私も申し込んだが、その枠から外れた。優の数が足りなかったのだ。しかし、どうしても受けたかった。その会社は世界に羽ばたく企業ではあるまいか、と思ったからだ。

私はその会社に電話をし、総務部長に会いたい旨を伝えた。そして、何とか承諾を得て東京支店に出向いた。

「どうか入社試験だけでも受けさせてください」

と頭を下げる私に総務部長は驚いたが、

「この会社にとって私は適任かも知れないのですから」私は怯《ひる》むことなく言い放った。自分の道は自分で切り開くと決めてこうして来社した……。すると、「君は面白い青年だね。私が知る限りでは、会社を受けさせてくれと総務まで来た学生は初めてだよ」

面白がられるのではなく、熱意があると言ってほしかったが、とにかく私は入社試験を受けることが許されたのだ。いささか強引に思われるかも知れないが、ただ強引だったわけではない。私が入社できた暁には必ず新入社員の中で一番光る存在になってみせる……心底そう思っていたのだ。

月が変わり、いよいよ入社試験を受ける日が来た。

私は闘志満々で試験会場に入った。しかし、廊下を歩いていてふと掲示板に目をやると、すでに十数名の新入社員内定者の大学名と名前が張り出されていた。有名私大の学生だった。私は唖然とした。何なんだ、これは……。この人たちは試験も受けずに掲示板に張り出されるほど堂々と入社できるのか……。

筆記試験を受けている最中もそのことが頭を離れることはなかった。これは不平等ではないか……。

筆記試験に無事合格し、面接試験の日が来た。試験官は五名だった。

「何でうちの会社を受けたのかね？」

そう質問された私は、近い将来、「世界のO社」になるであろうこの会社に魅力を感じて受けたと答えた。

「君の父親の仕事は？」

「父は医者でしたが、満州で戦病死しました」

「それでは母親と？」

「はい、母子家庭です」

何を質問されてもすぐに私は答えた。五人の面接官の手応えは良かったと思う。けれども最後に私は疑問を口にした。

「ちょっと、質問してもよろしいですか」

「何だね？」

面接官のひとりが応えた。

「掲示板に内定の張り紙がありましたが、どういうことでしょうか」

すると面接官の表情が一変した。苦虫を噛み潰《つぶ》したような顔になったのだ。

面接官は何も言わなかったが、私の推測では、この会社の既製服を採用している百貨店のお偉方のご子息かな、とは察しがついた。

「すでに内定が決まった学生がいると知って、入社試験を受ける我々の士気も下がってしまいます」

私ははっきりと言葉にした。

「試験も面接もせずに内定など、おかしいと思います。彼らは本当にこの会社を愛せるでしょうか。汗水をたらして働くでしょうか」

こんなに楽に一部上場企業に入社するのだ。喜びも決意も我々とは違うだろう。

「彼らがこの会社を担っていく人材に育つと思いますか」

私は願い出てまで試験を受けさせてもらった身だ。この会社に対する魅力を感じての選択だった。

「私を採用してください。必ず期待に応えて見せます」

私に二言はないことを証明してみせる。

学生の分際で臆することもなく意見を述べるものだから、

「普通の学生の身では考えられない。あなたは何をやっている人？」

そんな質問も飛ぶほど、面接官も困っていた。しかも一人が十分ほどの面接時間を優に超過し、一時間にも及んだ。あとに面接を受ける人たちは何事があったのかと戸惑い、緊張しながら待ったと思う。


その面接も無事に合格し、いよいよ最終面接まで辿り着いた。

その日は社長を入れて緊急役員会が開催され、賛否が取られた。結果は反対の方が二名多く、私は落とされたと告げられた。会社側がそう評価したのなら仕方ない。私はきっぱり諦めて部屋を後にした。すると、

「日本大学の神谷さん、六階のエレベーター前にお越しください」

という社内放送が流れ、私ひとり六階に行くとエレベーターの隅に専務が立っていた。

「君のために特別に社長を入れて緊急の会議をした。結果は七対五の評決で落ちてしまったが、君は何かしら独特の雰囲気をもった学生だ。光っているというか……みなぎる力を感じるというか……。だが、君はあまりにも個性が強い。うちの会社の労組などで活躍される危険性もありすぎる。ということで反対意見が二票上回った。私は君みたいな人が欲しかったが……」

そう言って肩を叩いてくれた。

「社長も、『たいした男だな』と言っていた。君なら他の会社でも大いに手腕を発揮するだろう。この言葉が僕からのせめてもの餞別だ」

正直に話してくれたので、私は納得してこの会社を諦めることができた。

「お母さんを大切に、親孝行してください……」

専務は優しく私の肩を叩いた後、

「何かあったら私を訪ねていらっしゃい。相談に乗るから」

そうも言ってくれた。今でもその言葉が忘れられない。私があのような質問などしなければ合格することができたかもしれないのに、バカなことをしたものだ、……と今では懐かしい。

会社を後にし、私は組織がビシッとしたところではやっていけないな……駅に向かって歩きながらそう感じた。

気持ちを切り替え、私は次なる就職先を考えた。私なりに世の中を見渡し、これからの日本は動く……それならば建設……、そう読んだ。そうして私は建設会社を選んだのだった。

その後、私は長野に本社がある北信土建株式会社に合格し、東京支店勤務になった。本社、支社合わせ二百名ほどが勤務する会社だが、お袋はたいそう喜んでくれた。

父親の位牌に手を合わせ、「無事にここまで育ってくれました……お父ちゃん、家族をお守りくださってありがとうございます」そう言って涙ぐんでいた。

私は照れくさくて俯いてしまった。

　はたして両親の望むような息子に成長できたかどうか自信はなかったが、

「ともかくこれからお袋を幸せにしますから……」とお袋の後ろから父親の位牌に手を合わせた。

　晴れて社会人になれた。この先は仕事に精を出し、お袋に楽をさせてあげられる。義と仁に溢れ、父親を愛してやまない可愛いお袋を、少しでもほっとさせてあげたい……。

　しかし、私はお袋の教えを大きく裏切ることになってしまうのだ……。

6　黄金期の日常は地獄への種蒔きと知らず……

　昭和三十六年四月、無事に建設会社に入社することになるのだが、私は大学を卒業する五カ月も前から、授業のない日は会社に出向くように言われた。週三日の勤務でお金も支払うという。

　学生服から背広に着替えて私が支店長に連れて行かれたのは、何と業務屋（談合屋）の集まる場所だった。高級料亭……。十社がひしめきあう中で仕事が取れるのは一社だけ。凄まじい命の掛け合いのような怒声が飛び交っていた。シャンシャンシャンシャンと鳴る手拍子。仕事が取れた会社は土産まで持たせて接待した。

　私はその場の雰囲気に圧倒された。が、この会社で懸命に働く意思に変わりはなかった。頂いた給料は封を切らずにお袋に渡した。一万円も入っていた。

お袋はとても喜んだ。それにはワケがあった。その頃お袋は神奈川県庁に勤めを変えていたが、同僚の女性の保証人になり、支払えなくなった同僚の肩代わりをしていたのだ。人情を重んじるお袋は他人に願い事をされると断れなかった。

私はお袋に詳しく聞くことはしなかった。頂いた給料がお袋の役に立てて嬉しかった。後でお袋は「おまえのお陰で五カ月の間食べることができて、本当に助かった」と語った。その時の一万円は決して忘れられない貴重なお金だった。

同期の営業は八人。私は最初からトップの成績を狙いたいと思った。金のためではなかった。会社にとって有用な人物になりたかった。だから、車を運転し、夢中で営業して回った。頭を下げることは苦にならなかった。

仕事のためなのだから当然だ。どんなに酷くあしらわれようと、笑顔を絶やさずに、また来ます、と帰りも頭を下げる。それでも成績は思い通りに伸びない。

ただ頭を下げるだけではなく、研修で見たように接待もした。銀座、赤坂での接待。入社した会社は公共事業を多く受ける会社だったが、接待を受けた業務屋の重鎮は、「神谷君、君は我々のお気に入りだ。何といってもその明るさがいい。必ず仕事を取らせてやる」「この間はやむなく他の会社に行ったが、いろいろ事情があってのことだ。今度こそ大丈夫だ。安心して待っていてくれ」そう口では言うのだが、仕事はこなかった。

またか……と落胆の連続だった。このままでは仕事が回ってこない……。どうすればうちの社に発注してやろうという気持ちになるのか……私は来る日も来る日も考えた。そして、ある方法を思いついた。それに賭けてみよう……。

当時としてはかなりの額を仮払金として会社から借り受けた。

私の給料は当時で一万二千円だった。その三十倍もの金を出してもらうわけだが、支店長は渋い顔ひとつしなかった。しかも一緒になって飛び回る人ではなかった。いつもどっしりと構えていた。これはありがたかった。

一緒になって飛び回っていたら、私が何一つできなくなってしまう。

「神谷君、おまえに任せるよ」

支店長はそう言って私に金を預けてくれた。そして私は実行に移した。

赤坂の高級割烹店で芸者を揚げての接待は、いつもと変わらない。違っているのは……。

業務屋がトイレに立った。私はそっとその後をついていく。そしてトイレから出てきた業務屋のポケットに万札を五枚ほどねじ込んだのだ。次の重役にも同じように……。

効果はてきめんだった。

その繰り返しの見返りは大きく、瞬く間に私の会社には景気の旋風が吹き出した。面白いように仕事が舞い込む。

私は有頂天になった。私の策が功を奏した……。酒はたいして飲めないが、酒席が好きな私には接待は苦ではなかったし、若いが度胸があると、接待客からも可愛がられた。

そのうちに芸者さんとも親しくなり、芸者さんが家に訪ねて来たりもした。お袋が丁寧に「お帰りください」と芸者さんに頭を下げていた。もちろん厳格なお袋にその後、散々叱られた。「その若さでこんなことをしていいと思っているのか」と。

叱ったあとで、「こんな風に育てたつもりはないのですが、申し訳ありません」と父親の位牌に手を合わせるお袋に、いささか後ろめたさは感じたものの自分の行動に後悔はなかった。


会社は伸びているのだ。世の中は弱肉強食、勝たねば意味はない。どんな手段を使っても勝たねばならない。これでいいのだよ、お袋、と私は心の中で言っていた。

ただし、お袋に反抗的な言葉は吐かなかった。お袋は真面目で自分にも厳しい。お袋の言葉は正論だ。しかし正論では生存競争を勝ち抜くことはできない。

お袋とは分かち合うことのできない世界なのだ、とひとり合点していた。

二十八歳にしていっぱしの談合屋になった気分で、忙しく慌ただしい日々に充実感を覚えていた。仕事は取れ、旨い酒は飲め、芸者さんたちに囲まれ、しかも芸者さんの中には私に惚れてくれる人もいたのだ。

五歳で父を亡くした私でも、楽しくしっかり生きているのだという実感さえあった。親分肌の支店長は私を信用し、躊躇することなく湯水のごとく営業経費を使わせてくれた。

私は二十五歳から花柳界に出入りし、仕事のやり取りをしてきたことになる。当時は非常に珍しい存在だったと思う。

仕事が面白いほどうまくいき、有頂天になっていた私は毎日のように東京キャピタルホテルで高い昼飯を食べていた。業務屋のエスカレートする要求にも応えた。赤坂で飲んだ後に、業務屋は上機嫌でこう叫ぶ。

「次は熱海だ。あの店で飲み直しだ！　ハイヤーを呼べ！」

熱海には日本初のオカマバーがあり、業務屋のお気に入りだった。当時のハイヤーは高級車のシボレーかフォード。ハイヤー代はいつも私が払っていた。

しかし、私はたとえ五十万円会社から接待費として渡されても、三十万円しか使わなければ残りは会社に返した。必ず返した。そうすることで会社にも負担をかけずに、支店長にも信頼してもらえると固く信じていた。

支店長にも「オレはおまえを三年間見てきて絶対に会社のためにだけ使う男だとわかっている」そう言われていた。

家に帰るのはほとんど真夜中だった。接待三昧を続けていた私にお袋は、

「焼き火箸を何回握っても、おまえはわからないのかい！　焼き火箸がどれだけ熱いかわからないのかい！」

と怒鳴った。私は、お袋は譬《たと》えがなかなか面白いな、ぐらいにしか思わなかった。会社はこんなに潤っているではないか、と。

そんな時に事故は起きた。

私用で横浜に行っての帰りだった。夕刻、私は鼻歌交じりに車を運転し、しかも四十キロもスピードをオーバーしていた。

危ない！

電柱のかげから子供が飛び出すのと私のブレーキは同時だった。そう思ったのだが、ドン！と鈍い音と共に、子供は車に飛ばされ六メートルも先の方に倒れた。

慌てて駆け寄り、大丈夫か！　しっかりしろ！　と声をかけたが、幼い男の子はピクリとも動かなかった。

私は青ざめ身体が震えた。一刻も早く救急車を呼ばなければ……。助けを求めたかったが、周りに人はいない。私が病院に運ぶしかない。

私は動かぬ子供を抱きかかえ車の後部席に横たえると病院に車を走らせた。

幸い横浜には詳しかったので、近くの救急病院に連れて行くことができた。

医者は私の説明を聞いて警察に電話したのだろう。間もなくサイレンと共にパトカーが病院に止まった。私を乗せるためのパトカーだった。子供の生死はどうなるのか……私はできるなら病院で付き添いたかったが、それは叶わなかった。

私はパトカーに乗せられて警察に行かねばならなかった。

7　悪い種は次々と芽を出す

警察署の取調室で机を挟んで刑事と向かい合いながら、私は罵詈雑言《ばりぞうごん》を浴びせられていた。当然のことだった。

「車は走る凶器だってことわかってんのか！　おまえは四十キロもスピードオーバーして走ってたんだぞ！」

「…………」

私は黙ってすべてを聞いていた。弁解の余地は一パーセントたりともない。どれだけ怒鳴られていただろう。ノックとともにドアが開き警官が入って来た。手に持った紙切れを刑事に渡すと、

「内臓破裂だそうだ。おまえ、子供の命を奪ったんだぞ……」

刑事は瞬きすることなく憎悪の目で私を見据えた。

「…………」

私は返す言葉がなかった。喉の奥が塞がれたように息苦しくなった。あの男の子は亡くなったのか……。意識はなかったが、そのまま……あの子は……。

私の胸はたとえようのない苦しさで締めつけられた。

「あの子がいる病院に行かせてください！」私は叫んだ。私は取り返しのつかないことをしてしまった。とにかく子供のいる病院に行きたかった。私が行ったところでどうなるわけでもないが、取調室でじっとしているのは地獄だった。しかし、解放されるわけがなく、その後も刑事の罵倒《ばとう》は続いた。私のしたことからすれば当然だが、こうしている時間がいたたまれなかった。

病院に行きたい……。男の子の生死をこの目で確かめたい。鉛を飲み込んだように胃が重たかった。刑事にどんなにののしられようと、この場所から逃げることはできないのだ……。いつまで続くのだろう……。あるいは留置所にでも入れられるのだろうか……。仕事はどうなる……私は解雇か……。

私の精神状態は限界を超えそうだった。

拘束されて十時間以上経とうとしていた。途中で刑事も代わった。その刑事の罵詈雑言が続く中、再び警官が取調室に入ってくると、刑事に耳打ちした。すると、私は突然「帰っていい」と言われ釈放されたのだ。私の引受人は横浜の市会議員の先生だった。お袋が頼んだらしい。

私はフラフラしながら、子供が入院している病院に向かった。まだ病院にいるだろうか……それともすでに……頭をよぎる不吉な思いを払いのけながら恐る恐る受付に訊ねると、受付の女性は病室を教えてくれた。まだ、子供はいる……。バクバクと心臓の音が聞こえてくるぐらい緊張した。

三階の個室に向かうと、廊下のソファに子供の御両親がいた。ここに御両親がいるということはやはり子供は助かったのか！　生きている！　子供は生きている！　私はすがる思いで個室に向かう御両親の後に続いた。

刑事から内臓破裂と聞いたが、子供の体はチューブだらけだった。生きているのか……そうじゃないのか……。目を閉じたままぴくりとも動かない姿で横たわっていた。

「意識不明のままです……」泣きながら子供の母親は言うと、「でも、必ずこの子は意識を取り戻します……」嗚咽しながらそう言った。子供の父親は銀行員だったが、私を責める力も失い、祈るように両手を合わせていた。

気がつくと、私も自然と両手を合わせていた。意識を取り戻してくれ、君の人生はこれからだ……どうか終わらせないでくれ……御両親のために……私のためにも……。

しかし、子供の意識は次の日も次の日も戻らなかった。

私と一緒にお袋も毎日見舞いに通った。お袋は目をあけない子供を見るたびに涙ぐんだ。

家に戻ると仏壇の父親の写真に手を合わせ、「どうかあの子の意識を戻してください。健康だった子供に戻してください」と必死に祈っていた。

この事件で、私はお袋に気がふれたように怒られた。「お父ちゃんに申し訳が立たない。こんな男に育てたことが恥ずかしい」と泣きながらそう言うお袋に私は何も言えずに、お袋が疲れ果てて動けなくなるまで、黙ってうなだれていた。

どうすれば、時間を事故前に戻すことができるのだろう……叶うはずもないそんなことや、会社への責任、これからお袋とどう向き合って暮らせばいいのか、何の策も見出せずにぐるぐると頭の中は渦巻き、苦痛にあえいだ。

それでも陽は昇り、仕事は待っている。私は仕事にでかけ、仕事の後は必ず子供の入院先の病室に寄った。子供の両親は私を罵倒する力も失せていた。私は頭を下げるしかなかった。

子供の意識は戻らない確率が高いと医師は言っていたが、子供の両親は戻ると信じていた。「この子は必ず私たちに笑顔を見せてくれます。もうすぐ小学校に入学するのですもの」母親はそう言って子供の頭を撫で、まるで意識ある子供に向かうように話しかけ続けた。

そして奇跡は起こった。一カ月後に子供の意識が戻ったのだ。

地獄の針の上を歩いているような日々から解放されるのだ……。私は何に対して祈っていいのかわからずに、天に向かって両手を合わせ、ありがとうございます、ありがとうございます、と涙を流した。

亡き父親、厳格なお袋、そして宇宙のすべての神に感謝したいほど気持ちが高揚した。やっと、やっと解放される……元の生活に戻れる……。

私は自分の蒔いた種の重さを、まだ気がついていなかった……。子供が意識を取り戻してくれたことと、これで解放される……という安堵感でいっぱいになり、相手に対する思いやりが十分とはいえなかった……。

お袋は、毎日毎日仏壇に手を合わせて祈り続けていたが、子供の意識が戻った日は、

「お父ちゃん、子供の命を守ってくださって本当にありがとうございます。そして光徳をお守り頂きありがとうございます」

そう言っていつまでも手を合わせていた。私は言葉もなく、お袋の後姿を見

ていた。

約五カ月入院した後、子供は無事に退院し小学校に入学した。これで私は晴れて太陽を浴びることができる、そんな気持ちになった。

そして、それからの私の日常は以前となんら変わりのないものに戻った。酒席を設けての仕事は面白くてしょうがないのだ。接待の後の車はハイヤーを使えばいい、そのぐらいの認識しか持たなかった。

若いとはいえ余りにも罪の意識が薄かった。五カ月の地獄生活で、私は天から猶予をもらったのではなく、完全に釈放されたものと勘違いしていた。芸者を揚げての酒席接待が再び始まった。

事故の前と同じように発注が面白いように来る。会社から高く評価される充実した日々を捨て去ることはできなかった。

お袋にどんなに責められても、男はすべてをひっくるめて仕事だ……そんな私の間違った信念を曲げることができなかった。

まさか、再び地獄に落ちようとは夢にも思わずに……。

子供が退院して六カ月、何事もなく月日が経ち、私の中で事故の重圧から解放されかけていたある日、会社の電話がけたたましく鳴り、私は新たなる地獄の扉を開けることになる。

「あの子が再び内臓破裂を起こし、入院しました！」電話の主はそう言った後、「どうしてくれるんですか！」そう叫んだ。

まったく予期せぬ出来事だった。

あの子が再び内臓破裂……。

私は眩暈《めまい》に襲われ会社の机に両手をついたまま動けなくなった……。

8　逃げようか……

子供は学校の運動場で遊んでいるうちに後ろ向きに転んでしまい、そのショックで内臓が破裂し再び入院したのだった。

今度ばかりは御両親も怒りを隠さなかった。どうしてくれる！　と父親に何度も胸倉をつかまれ、大声で罵《ののし》られたが、親からしてみたら当然のことだった。

お袋は私が再び不摂生な日常に戻った天罰だ、と嘆いた。子供には輸血が必要だと医師から言われた。すると子供の父親は、

「病院に保存してある血液は一切断る！　うちの子供に合った血液の人間を連れて来い！　その場で血を採って輸血する！」

病院の保存血液ではなく、新鮮な血液を集めろと私に命じた。子供の血液はB型だ。私は駆けずり回ってB型の人を探した。

中には血液が何型なのかわからない人もいた。「なら病院で調べましょう!」と私は腕を引っ張り、医者に連れて行った。

「お願いですから、輸血のための血液を提供してください」と懇願し、誰彼かまわず血を、血を! と言って回るものだから私は吸血鬼とも言われた。

それでも二十七人集めることができた。その姿を見ていた病院の院長先生は「神谷君、よくやった。きっと助けてみせる」と言ってくださった。

ありがたくて涙が出た。その輸血で子供の手術も成功し、私はようやく胸を撫で下ろした。


しかし、安堵している暇などなかった。今度は被害者の父親が勤務する某銀行の顧問弁護士を通し、慰謝料を請求されたのだ。

私は驚いてマルの数を何度も確認した。その額は今の金額にして一億円の大金だった。私に払える訳がなかった。

弁護士が淡々と話すその言葉は、閻魔《えんま》の声に聞こえた。何度催促されても私に用意などできるわけがない。

東京から逃げようか……遠い北海道か九州に……。それしか道はない……。私は思いつめ、日ごと暗い表情に変わっていった。

そんな情けない姿を哀れんだのだろう、お袋は私を責めることをしなくなった。私の胸中を察し、責めることをやめたお袋……。このお袋を残して自分ひとり逃げる訳にはいかない……。お袋が責め苦をかぶることになる……。いや、いっそのこと道連れに逃げようか……それならば私も楽になる……。いや、お袋を巻き添えにするわけにはいかない……。

私の胸の中は、どうしようもない思いに破裂しそうだった。さらに、弁護士からの電話が鋭い刃となって胸をえぐる。

こんなことになるとは……。こんな人生が待っていようとは……。それでも生きていかねばならないのか……明快な解決策など思い浮かぶはずもない。一縷の望みさえ持てなかった。

この重圧に耐えられなくて私は気が狂うのではないか……。しだいに追い詰められ、暗い表情が染みついて、まるで死人のように無表情な人間になっていた。

そんな息子の姿を見ていられなくなったのか、「この人の所に行って相談したら……。私の姉さんが日頃頼りにしている方だから」お袋が、一人の男性の名を教えてくれた。

それは、大石章二という人物だった。

ある事業を経営している大石社長は帰りが夜遅い。私は大石社長の家の前で夜遅くまで待った。一日目は十二時まで待っても会えず、二日目も会えないまま帰って来た。

三日目の夜にようやく会うことが叶った大石社長は、黒縁の眼鏡をかけ、グレーの背広をビシッと着こなし、清廉という言葉が似合うような方だった。

足を少し引きずって歩いていた。若い頃に脊髄カリエスを患ったということだった。脊髄の骨質が破壊される病気だ。

十八歳の時に医者から余命三カ月と診断されたが、奇跡的に元気になられ、私が会った四十過ぎの、この時も、大病を患ったとは思えない身のこなし方と落ち着きがあった。

私は緊張しながら事の詳細を話した。すべてを聞いた後で大石社長はこう言った。

「人生は因果応報。今、君に起こっていることはすべて君が蒔いた種なのだよ」

「…………」

因果応報……。

「君は会社のお金を公私混同して使ってしまったんだろ」

「…………」

追い討ちをかける言葉に私は沈んだ。私は責められるためにだけ、ここに来たのか……。消沈していく私……。

「よい種を蒔けばよい芽が出るし、悪い種を蒔けば悪い芽が出る。出た芽は自分で刈らなければならないのですよ」

大石社長は淡々と言った。悪い種……悪い種……と心の中で反芻《はんすう》した。その通りだ。私は取り返しのつかない悪い種を蒔いてしまったのだ……。

しかしどれだけ後悔しても元には戻らない……。

「……私には悪い芽を刈る方法がわかりません……」

搾《しぼ》り出すような声で呻《うめ》いた。

「確かにそうだな。わかるならここには来ていないだろうから」

「はい……」

「神谷君」

呼ばれて頭をあげると大石社長は言った。

「君の家の近くに神社があるだろう」

「はい……」

八百六十年続いている白幡八幡《しらはたはちまん》神社があった。九百坪もある広い境内だ。源義家が奥州に向かう途中、この地に宿泊し白旗を立てて戦勝を祈願したことから神社が建てられ、この周辺地域を白幡と呼ぶようになったそうだ。

清楚で静寂な境内は目を閉じて祈る者を包み込むような大きさがある。

「そこの神社で毎朝祈りなさい。必ず毎朝、両手を合わせて一心に祈りなさい」

祈れば奇跡でも起こるというのか……。私のそんな疑心を見透かしたように大石社長は言った。

「そうすれば何が起きるかなど考えなくてよろしい。無心に祈りなさい。天はその姿、その心を見ているでしょう」

天が見ている。大きな天だけが静かにその姿を見ている。生長の家で学んでいるという大石社長は、力強くそう言った。

大石社長は、生長の家の神奈川県の地方講師会の会長だった。

「至誠通天《しせいつうてん》、天はすべてお見通しなのだということを常日頃思っていれば、恥の多い生き方はしないものですよ」

「…………」

次の日も来るように言われ、二日目は午前三時まで、「人間というものは、こういうものなのだよ。心の法則を忘れてはいけない。生かされていることも忘れてはいけない」

こんこんと諭《さと》された。

三日目は朝の六時、夜がしらじら明けるまで指導してくださった。

「たとえどんな金額でも、あなたが蒔いた種だからあなたが刈り取らねば。あなたができなくても、神様はできる。神はできないものは与えていない」

生長の家の神想観《しんそうかん》のテープも貸してくださった。必死で聴いたのだが、その時の私には何だかよくわからなかった。

神社で祈ることも、私には初めてのことだった。父親の位牌に手を合わせているぐらいだった。けれども大石社長の言葉に藁をも掴む思いで従うことにした。

あの大石社長が言ったのだ。祈ってみよう……。縋《すが》りつくような思いだった。

9　奇跡は祈りと共に

毎朝五時に、私は神社の境内の土の上に正座して祈った。どうか子供が元気に退院できますように。どうか私ども家族にご加護を。

毎日毎日、同じことを呪文のように唱えながら祈り続けた。神想観を知らなかった私は、ただただ必死にしがみつくような祈りだった。

こんな思いをさせ、お袋に申し訳ない……。我が身はどうなるのか……。こんな形で裁きがやってくるとは……。祈りながら、沈んだ思いが心から離れなかった……。

しかし祈りを重ねるうちに、いつのまにか無心に祈れる自分になっていったのだ。

すると、祈った後に清々しい心が宿るようになった。こんなことがあるのか……。祈りに向かう足取りが軽くなった。これが大石社長の言う何かが変わるということなのだろうか……。

祈りというものに何か光るものを感じ始めた私だった。その間も弁護士からの慰謝料の催促は何度もあったのだが……。

そんな日々が二カ月続いた頃に不思議な体験をした。風もないのにざわざわと木々のざわめく音がし、私は目を開けた。風は吹いていない。なのに木々はざわめいている……。私は両手を合わせたままその木々のざわめきを見ていた。するとその木々に燦燦《さんさん》と光が降り注ぎ黄金色に光ったのだ。同時に私の周辺も黄金色に覆われた。包み込むように強く優しい光だった。

私は呆然としてその美しさに見惚れた。まるで天の一角から閃く黄金の光のように感じた。

しばらく光に包まれていると、突然ストンと、胸の痞《つか》えが落ち、それと同時に光も見えなくなった。

「…………」

辺りを見渡し、私は幸せな気持ちになっていた。何とも言えない心地よさだった。なぜだろう……慰謝料のあてもなく何も解決していないのに、私の中で一億円という金額が小さいことのように思えた瞬間だった。

しかもその思いは次の祈りの日も次の祈りの日も続いた。今これだけ心穏やかになっているということは、人にはできないことはない……という暗示ではないのか……。それとも祈りによってただ心が癒されただけなのか……。

しかし私の中で何かが弾けた。私の祈りはその日から、どうか助けてください、ではなく、助かる……あの子も私も……と肯定的な明るい考えに変わっていった。

私は落ち着いて会社に行くことができるようになった。

そんなある日だった。本社の野澤三郎社長が長野から東京支店を訪れた。私は会議室に呼ばれた。社長は月に一度東京支店を訪れていたが、社員と口をきくことなどなかった。

「神谷くん、交通事故を起こしたらしいね。それで、かなりの慰謝料を請求されているそうだね」

唐突にそう切り出した。

「はい……」

私は平身低頭したまま、顔が上げられなかった。

申し訳ない。社長にも嫌な思いをさせ、会社にも泥を塗ってしまったのだ。

社長から、会社をやめてもらうと告げられる覚悟をした。

しかし、社長から出た言葉は、

「こちらも弁護士を用意する。弁護士同士で話し合ってもらう」

社長はその場で弁護士に電話をかけた。

社員の起こした事故に立腹してもいいはずなのに、社長は私を激しく罵ることもなく落ち着いていた。私は言葉なく頭を下げていた。

それからひと月、弁護士同士の話し合いが進み、結果、金額は三分の一になった。それでも私が用意できる額ではなかった。私は途方に暮れ、請求書は机の中に入れたままどうすることもできなかった。


ひと月経ったある日、再び社長が上京して来た。呼ばれて社長室に行くと、社長の手には小切手があった。

「これを持って弁護士の所に行きなさい」

社長は私の前に小切手を置いた。

「えっ……」

小切手を見て驚いた。額面には私が請求された金額が印字されていたのだ。

「神谷君、このお金は君にあげるよ。返さなくていい。これを持って弁護士の所に行きなさい」

「社長……」

私はしばらく棒立ちになっていた。それからやっと口を開いた。

「これは……受け取るわけにはいきません……」

私は……受け取れません……。資格がありません……。

「事故の起きた日、私は仕事ではなく私用で横浜にいたのです。社長のご好意はありがたいのですが、お受けするわけにはいきません」

私は頑なに断った。そんなことはできない……。大それた甘えになる……。お借りしたとしても、一生返せない額だ……。いただくわけにはいきません……。俯いたまま頭を横に振る私に、社長は言った。

「神谷くん、借りはちゃんと返してもらうよ。男なら仕事で返せ。それが男だろう」

社長はそう言い切った。それでも私は断った。何度も断ったが社長は譲らなかった。

「いいから、すぐに弁護士に持って行きなさい」

いいのだろうか、それで……。私の心に迷いはあったが、

「……社長……ありがとうございます……」

私の声は震えた。腕で涙を振り払い小切手を握り締め、電車に乗った。

神はいる……神はいる……心の中でそう叫び、こらえていた涙が嗚咽と共に溢れた。社長……ありがとうございます……。電車の中で涙を拭うこともせずに、私は有楽町にある弁護士事務所に小切手を持って行った。

お袋を置いて逃げずに済んだ……社長ありがとうございます……本当にありがとうございます……。この御恩には必ず報いてみせます。

お袋に報告すると、やはり涙を流して感謝した。そしてこう言った。

「おまえが手を合わせている神社に詣でて、早速御報告しなさい」。それからこうも言った。「これからもあの神社に手を合わせて祈りなさい。できる限りでいいからそうしなさい」お袋はできる限りでいいと言ったが、私は早朝になると目が覚め、その後も足は自然に神社に向かった。

出張以外の日の神社参拝は現在も続いている。私の苦悩を受け入れ、いつしか解決してくれた神社に祈らずにはいられない。

祈ることによって魂が落ち着くのだ。そうしてまた一日は始まる。一念岩をも通す……この言葉を、祈りによって私は体得することができた。

入院していた子供も退院し、再び学校に行けるようになった。やっと自分だけではなく、子供とその親の幸福に思いが至るようになった私だった。

これで私の悪の芽は摘まれた……。そう信じて心が和らいだのだが。

悪の芽はそうたやすくは刈りきれず、芽を出すたびに私は翻弄されることになるが、試練を繰り返すことによって自分が強くもなり、誰のせいにもせず自分で刈り取ろうとする力もついていった。

10　悪の芽はまだ摘み取られてはいなかった……

私の地獄の日々はこれで終わりだと思っていた。しかし、悪の芽はまだ残っていた……。

三十歳の時に、良き女性とめぐり逢い結婚もした。彼女は二十三歳だった。妻妙子は優しく従順でお袋にもよく尽くしてくれたから、私は安心して仕事にでかけることができた。

しかし、結婚して半年後の早朝六時、私の家に刑事が数名現れて、私は連行されることになった。贈賄容疑で取り調べを受けることになったのだ。女房は目に一杯涙をためていた。女房のあんなに悲しい瞳を見たのはその時が最初で最後だ。あの瞳は一生忘れることはできない。

某警察署地下室で取り調べは行われた。当時の取り調べは想像を超えるキツイものだった。

「神谷さん、階段に気をつけて下りてね」

優しく導く刑事だったが、「どうぞ」と部屋に入れドアを閉めるなり、

「この野郎！　警察をなめやがって！」

声を荒げると、私は投げ飛ばされて壁に打ち付けられた。椅子に向かい合って座ると、ボールペンの先で何度も威嚇してくる。もちろん会社の帳簿も押収され、取り調べは二十時間にも及んだ。

「おまえは当分ここに入ってろ」

私は留置所に拘留されてしまった。

後に釈放されたが、その時、担当刑事課長が言った。

「お袋さんを大事にしろよ」

一番最初に入社試験を受けたO社の重鎮と同じことを言ったのだ。

「はい……」

と私は頭を下げ、取調室を後にした。

釈放されたのはいいが、女房にどう言い訳すればいいのか思いあぐねた。しかし、女房は釈明してくれとも言わず、責めることもなかった。

今でもそうだ。女房は私の仕事に口出しをしたことがない。だから、いまだかつて一度も喧嘩したことがない。それはとてもありがたいことだ。


一難去ってまた一難、またしても事件が起きた。私の口添えで入社したS君という男がいた。彼は真面目な男で仕事もよくやった。

しかし問題がある男でもあった。酒が好きなのはかまわないが、酒量が半端ではないのだ。

私の苦い経験からも、酒で失敗しないように注意はしていた。はい、とよく聞いてくれるいい後輩だったのだが、その後、新聞やテレビを賑わす事件を起こしてしまった。

会社の車で八百屋に突っ込んでしまったのだ。飲酒運転だった。

しかも三台のパトカーに追いかけられて逃げ回った末に逮捕された。

けが人が出なかったのは幸いだったが、八百屋は半壊した。私はS君を思いっきり叱りつけたが、後の祭りだった。

裁判の結果、S君は千葉にある交通刑務所に入ることになってしまった。一年の刑だった。

彼には家族がいた。S君は自業自得といえるが家族に罪はないのだ。一家の大黒柱を失った家族は路頭に迷った。幼子を抱えた妻は容易に働き口を見つけることもできない。

私は泣いている家族を見て涙が出た。私の少しばかりのお見舞い金では、一時しのぎにしかならない。奥さんはあちこちから借金して細々と何とか暮らしていたが、身を切られる思いだった。

もっとあいつに口をすっぱくして飲酒運転の怖さを話して聞かせていたら……私が甘かったのか……まさか酒飲み運転はしないだろう……と高をくくっていたのか……。私は自分を責めたが、事故を起こした後では何の解決にもならなかった。

S君の家族をこのまま見過ごしにするわけにはいかない。私は時折S君の家族を見舞い、わずかばかりだがお金を置いて帰った。


一年後にS君は交通刑務所を出所した。しかし働く場所はなかった。S君の奥さんの父親が私に頭を下げに来た。

「家族が路頭に迷っています。どうか娘婿をもう一度働かせてください」

「…………」

断れば済むことだった。けれど私は知らん振りができなかった。

会社の社長、いや支店長に嘆願するしかない……そう思った。

「支店長、どうかS君を復職させてください」と頭を下げた。かつて私が起こした不祥事で会社に散々迷惑をかけたこの私が、部下の復職を頼める立場ではないことは重々承知していたが、私は懇願しないわけにはいかなかった。

「お願いです、支店長……S君に機会を与えてください……」

きっとSは懸命に働くはずだ。彼はそういう男だ。

「神谷君、Sはどれだけ会社に迷惑をかけたか知っているだろ。連日、テレビや新聞で報道されたのだぞ！」

支店長の怒鳴り声が部屋に響いた……。

「おまえもあのテレビを見ただろう！　そんな人間を再び会社に入れる訳にはいかない！」

支店長は怒り心頭だった。その日は引き下がっても、私は再び懇願した。

「ならん！」

一喝されても、私は次の日もその次の日も、何度も何度もお願いした。

支店長はとうとう根負けして言った。

「おまえが責任を持てよ。二度とSに酒を飲ませないと誓えるな」

それから眼光鋭く私をにらみ、

「やはり復職させるべきではなかったと後悔させないでくれ」

私は飛び上がりたいほど嬉しかった。

「はい、後悔はさせません、支店長！　ありがとうございます！」

私は目頭が熱くなった。私を信じてくれたのだ。一度ならず二度までも……。

この支店長の懐の深さに私は感謝してもしきれない思いだった。

S君の奥さんとS君の義理のお父さんは涙を流して喜んでくれた。私も再び一緒に働けることが嬉しかった。

その後のS君は、酒を飲むことなく本来の生真面目さを発揮して、会社に貢献した。定年まで事故を起こすことなく働いてくれた。


私はその後も知らぬうちに悪い種を蒔いてしまって、それが難題を土産にひょっこり芽を出すこともたびたびあったが、以前のように戸惑いうろたえ、苦悩に陥るようなことはなくなっていた。

お袋が言った。

「絶対に逃げるな。蒔いた種は自分で刈って整理するのだ」

その通りだ。私が蒔いた種で伸びてしまった悪い芽は、私が刈り取るしかないのだ。刈り取らずに逃げたところでうまく事が運んだりはしない。自分で対処するしかないのだ。

それが人間というものだからだ。

11　死にもの狂いの恩返し

「男なら仕事で返せ」

社長はそう言った。

「死にもの狂いで仕事をしてもらいたいものだ」

社長の好意に報いたい。生涯に残る恩人ともいえる社長のために、私は一心不乱に仕事に打ち込んだ。

得意先からどんなに苦言を呈されようと、弁解することなく必死で聞き、上司の愚痴にも喜んで付き合った。

とにかく会社を伸ばしたい……その思いだけで仕事をした。頭を下げても、さらに下げても下げたりないほど、社長に敬意を表したいと思った。

社長に「十分に返してもらった」と言ってもらいたい……。私は昼夜を問わずに駆け回った。努力が天に通じたかのごとく、会社は成長していき、優良企業と称されるようになった。

しかし業界には色々な業者がいる。ある時など、夜の十一時過ぎに家の電話が鳴った。

「神谷はいるか！」

私はまだ帰宅しておらず、女房が出たが、

「いないなら、これから乗り込むぞ！」

でかい声でそう言った後で、電話は切れた。十二時頃に私が帰ると、玄関の板の間にお袋と女房がへたりこんでいた。間もなく声の主が車でやって来て、私の家にずかずかと入って来た。外の車の中には仲間が二人いるようだった。

実はその男Tと一緒に組んで仕事することになっていたのだが、誰からも嫌がられているヤクザまがいのその男と仕事をしたくなかったので、別の会社と一緒に仕事をしようと密かに目論んでいたのだ。

そのことが知れて激怒し、こうして家まで押しかけられたのだ。

次の日はある地区の建設会館で話し合いがもたれる。五、六十社が顔を出す。

「うちと組めないなら、明日カタをつけるべ！　おとしまえをつけるからな！」

Tはそう言って一時間も怒鳴り散らした。私は不思議に怖くなかった。

談合だけはやめておくれ……と言うお袋にも、「何も心配することはないから」と私は平然としていた。

次の日、会館に現れたTの背広は背中の部分が吊りあがっていた。日本刀を隠している……。遠くからでもわかった。けれどこの時も怖くはなかった。

「神谷！　こっちに来い！」

男は私を別室に呼んだ。私は黙って従った。

応接間に閉じ込められて、テーブルの前には隠し持っていた紫の布に包まれた長い物が置かれた。長さも形も間違いなく日本刀だ……。

「神谷！　答えろ！　うちと組めないのか！」

Tはテーブルの紫の布の上に手を置いた。それでも私は怖くなかった。こんな経験、二度とできないだろうな……と思いながらTの前で毅然としていた。

「返事ができないのか！」

Tが布を振り払おうとした瞬間、

「待ってくれ！　それを収めてもらいたい！」

と、私が組もうとしていた社長が叫んだ。

「私も戦争で一度は命を落とした男だ。こんなもので脅されて仕事を降りたということになれば、この業界ではやっていけないんだよ！」

それから私の方を向き、

「神谷さん、あんたにはいろいろ世話になった。あんたの恩は忘れないよ。この仕事、おれは辞退する。Tさんと神谷さんでやってくれ」

そう言って床に両手をつき、きれいに辞退した。

日本刀で脅されたのは初めてだったが、これも勉強の一コマになった。経験しなくてもいいものを経験させてもらったのだ。

私は祈りを知るようになってから、人にも物事にも臨機応変に対応できるようになった。

心を変えれば顔つきも変わる。私は穏やかな顔つきになっていったと思う。脅されてもなんら表情を変えることはなかった。

大事なのは顔ではなく「顔つき」だと思う。

当然ながら、仕事は苦しい日も辛くて涙が出そうな時もある。けれど誰にも愚痴は吐かなかった。社長に言われたように男なら仕事で返そうと日々邁進した。

仕事を含め多くの物事は、やる前にわかる人とやってもわからない人がいる。

私は前者の人間になりたいと思った。

この仕事、絶対にやれる……という感性を大切に仕事をした。

仕事は以前にも増して順調に進み、ある日、私は御恩のある大石章二さんのお宅を訪ねた。私が起こした悲惨な交通事故が無事に解決できたのは大石社長のお陰だと思った。

大石社長は私に祈ることを教えてくれた。大石社長に出会うことがなかったら私には縁のない祈りだった。

祈りは人間の深遠を物語っているのではないか……。その深遠に触れてみたいという願望が私の中に芽生えた。

逃げよう……と思ったほどつらく、救いのなかった自ら招いた事故が、大石社長に言われるがまま、神社で毎日手を合わせて解決するとは、正直思っていなかった。

しかし、何日かすると祈ることが当たり前になっていった。それが当然であるかのごとく、私の足は自然に神社に向かうようになっていたのだ。

そしてある日に、示談になったわけでもなく催促は続いているというのに、ストンと胸のつかえが下りた。その後何日もしないうちに社長が訪れ、解決に向かった。それは偶然ではないように思えた。

真意を知りたいと私は大石社長の元を訪れたのだ。大石社長はこう言った。

「私は十七歳の時に脊髄カリエスと診断され、余命いくばくもないと宣告されました。けれどもこうして生きています。足は引きずっていますが、健康でまだ働けることに感謝しています」

それも大石社長が祈ることを知ったからだという。

「脊髄カリエスになり、命は長くない、と宣告されても私は生きたい、と願いました。その願望は言葉でいえば祈りです。私は生きる、その願いは達成されるもの、と心に思い描きながら祈りました。私は生長の家の御教えによって救われたのです」

大石社長は続けた。

「希望を捨てなければ、必ず叶うのです。自分にふりかかる問題は自分では解決できないものでも、宇宙という神に祈ることで解決できると確信しています。祈りは人間の持つ魂を浄化し、成功と豊穣をもたらします。しかも祈りはどこでもできる。神前でなくても、ご神体もなくてもいいのです」

大石社長はにこやかに言った。確かに私が体験した神社での黄金の砂のような光は、夢の中の体験ではなかった。いまでも色鮮やかに脳裏に浮かぶ。

一心に祈ることで信念が深くなり、奇跡としかいえないようなことが起こるのかもしれない……。

訴訟が解決した後でも、私は神社にお参りに行くことをやめられなかった。早朝になると、私の足は神社に向かってしまう。雨が降ろうと雪が降ろうと、私の足は自然に向いてしまうのだ。

そして一日は始まり、私は安心して仕事に出かけることができる。

12　陽気な心で

大石社長が学んでいた生長の家は昭和五年に谷口雅春先生が創始し「唯神実相《ゆいしんじっそう》」「唯心所現《ゆいしんしょげん》」「万教帰一《ばんきょうきいつ》」の思想のもとに神道や仏教をはじめ、様々な宗教の教えを取り入れている。

大石社長は「読みなさい。あなたなら必ず納得し、あなたの道を見出すことでしょう」そう言ってたくさんの書物を与えてくださった。

それからの私は仕事の合間を縫って多くの書物を読み漁った。書物に目を通し確固たる信念を持ちたいと学んだ。

大石社長の学ぶ『甘露《かんろ》の法雨《ほうう》』や、現象の世界は一切ないという、『生命の実相』なども四十巻、貪るように読んだ。それは心から頷ける書物であり、真底感動した。宗派で争っている場合ではないのだ。

谷口先生は先端を走っていた。大量の書物を読み、多くの翻訳に携わり、自ら苦悩し身を削って書き上げた書物は、冷静に俯瞰《ふかん》されており、他の追随《ついずい》を許さぬほど群を抜いている。

私は納得し、目が赤くなるほど何十回読んでも飽きることはなかった。こういう書物に出合ったことは私にとって衝撃的だった。

「神は万物を悦びによって創造し、悦びこそが神の本性である」と谷口先生は説く。

「悦びが創造の力であり、歓喜しておれば自然に身体が動き出すように、神は悦びの感情によって自然にその生命が動いて万物の創造となったのである。悦びの表現は愛である。心が悦びに満たされているときは万物を愛したくなるのである。愛は悦びの変形である。創造されたものと創造したものとの自他一体の感情が愛である。かくて悦びは愛を生じ、愛は万物を創造し、又愛することによって万物を進化せしめる。愛が形をかえて色々の文化を生ずる」と。

谷口先生の教えが宿るように、いつも陽気な心で歓喜することを心がけた。笑って過ごせること、陽気な心でいることはお金もかからず、副作用もない最高の薬だ。私は笑顔を絶やさないように心がけて日々送るようになった。

谷口先生の講演にも足を運ぶようになり、先生の講話の中で「青年のみなさん、この日本を頼みましたよ」という力強い言葉を聞いて、私はこの教えの中で生きるべきだ、と深く感じ入り生長の家に身を置くことになった。

私の信じるべき道を模索した三十歳の時のことだった。

ありがたいことに私は七十を過ぎても、生長の家栄える会の名誉会長を務めさせて頂いていた。

栄える会は、会社経営者の会員が多い。会社を経営していく上で大切なことは繁栄や営業の伸び率だけではない。人を幸せにしなければ富はやってこない。「与えよ、さらば与えられん」の法則だ。そしてどんなに小さなことにも感謝すること。感謝は感動になり感動はその人の器を大きく豊かにする。どんなに富を得ても感動のない人生は悲しい。

懸命に仕事をこなしていた二十代に、私は大変な交通事故を起こしてしまった。予期せぬ出来事だった。そんな風に、どうして……と驚愕するようなことがわが身に起きることがある。しかし、それらから様々な学びを与えられてきたのだ。私があのままのかたちで公私混同した人生を生きていたならば、今の私はなかっただろう。

私は母親の教えに従って生きてはいなかった。会社にも自分にもこれでいいと、勝手に納得して生きていた。蒔いた種のツケは大きな悲劇となって訪れた。そして、その中で私は祈ることを知り、救われたのだった。

人は神棚であったり、仏様であったり、神社であったり、太陽であったり、何かしらに手を合わせる。

私の父親も家にある神棚に毎日手を合わせていた。五歳までしか一緒に暮らせなかった父親だが、なぜか深く祈る姿が目に焼き付いている。

きっと祈らずにいられないのが人間なのだ。だからこそ、目に見えない神というものと、無意識に波長を合わせようとしているのかもしれない。それは人間としての自然な姿なのではないだろうか。

人間の力には限界がある。しかし神に委ねることによって力を与えられ奇跡も起きる。神は罰を与えたりはしない。

ただし、いつでも見ている。温かく、悪事には悲しい瞳で天から見ている。人は慈悲深く愛情に溢れた神に生かされていると感じているので、家にいる時は白幡八幡神社に、出張でホテルにいる時でも、毎朝、目を閉じ神想観に身を置き、心穏やかに一日を迎える。

これは一人で、わずかな時間でもできることだから、毎日の習慣になった。神想観をすることによって、神と波長を合わせるのだ。波長が合っているような柔らかな空気に包まれると、とても心が満たされて、今日も大切に一日を過ごします、と明るい気持ちになる。

栄える会は、産業人の集団であり、生長の家を通して産業界に真理を伝達し、日本経済の発展に寄与することを目指している。

最近は地球温暖化に対応すべき活動を積極的に展開している。

「神・自然・人間が調和した世界」が栄える会の目標でもある。

後にダライ・ラマ法王をお招きして講演していただいた時にも、法王は宗教、自然、人間との繋がりと調和の重要性を熱く語っておられた。

13　もっと大きな舞台で活躍したい

　四十二歳になった私は仕事、家庭、すべてにおいて順風満帆だった。お袋の実家の近くに念願の家を建てることもできた。

　しかし、何の不満もないはずの私に、ふつふつとある夢が芽生えていた。その思いは日増しに強くなり、私はとうとう神前に両手を合わせて願った。

「大きな舞台で活躍したいのです。最初で最後の願いです。どうか私に大きな舞台を用意してください」

　来る日も来る日もそう願った。そう願うことをやめられなかった。そしてやめようとは一度も思わなかった。その願望で体中が熱くなった。

　しかしその思いをお袋には話せなかった。お袋は烈火のごとく怒るだろう。今の社長が、あなたにどれだけのことをしてくれたか忘れたと言うのですか。

恩知らずにもほどがある……。

社長に一生仕えて恩返しするのが筋というもの。後足で砂をかけるようなことはするな、と怒り狂うだろう。

それはもっともなことだ。社長に救って頂いて、今日の自分がある。

けれどお袋……、私のこの願いは抑えられない……。

大きな舞台で活躍したいという私の思いが抑えられないのです……胸の中でどんどん大きくなっていくのです。押しつぶされそうなくらい大きいのです……。

それが私の正直な気持ちだった。私にとってこれが最初で最後の望みだ。確信できる。抑えようともしたが、無理だった。

その舞台に立った私を想像すると身震いするほどの衝撃を感じる。どれだけお袋に諭されてもこれだけは諦めないだろう……。

仁義を重んじるお袋には耐えられないことだろうが、降りることはできない……。私はやってみたいのだ……大きな舞台でもやっていけるということを実感したいのだ……私ならやれる……。その経験をせずに一生終えることはできない……。

お袋に話すことはできないまま、しかし私は迷うことなく、一心に大きな舞台を夢見ていた。


そんな心からの願いが通じたように、大変お世話になっている富士電工の大槻知秀社長から電話が入った。

「玉置先生が君に会いたいといっている」

「私に、ですか……」

玉置和郎先生は当時大物政治家として名を馳せていた。私は玉置先生の講演演説を何度か聴くうちにいたく共鳴した。

けれども個人的にお会いしたことは一度もなかった。それでも選挙の時は夢中で応援した。選挙演説を多くの人に聞いてもらいたくて奔走した。

ある時は、埼玉の朝霞から横浜のパーティ会場まで演説に来てもらうのに時間が間に合わない、と言われた。

パーティには千五百名以上の地元の企業の方々が参加される。会場で待つ大勢の支援者たちをすっぽかす訳にはいかない……どうにかして間に合わせねば……。

ジェットヘリだ……ヘリしかない。しかし埼玉から横浜までヘリを飛ばすには大変な費用が必要だった。私は死にもの狂いの努力でジェットヘリを手配し、飛ばして、当日に何とか間に合わせたのだ。

玉置先生が、皆の待ち受ける横浜プリンスホテルの会場に、時間通り無事に到着できた時は本当に嬉しかった。天を仰いで感謝した。そんなこともあってか、

「君のことを強烈に覚えているそうだ」

社長にそう言われ、私は指定された日、永田町に行った。

「いやあ、いつもありがとう」

握手を求める玉置先生の手は厚くて暖かかった。

「君は私の選挙の時いつも全力で応援してくれているね。君の情熱に圧倒される。特にヘリを用意してくれた時は驚嘆したよ。必ず応えなければ、と襟を正して選挙戦に臨めた」

と嬉しい言葉を頂いた。それからしばらく雑談をしたあと、

「本題だがね、あるゼネコンが海外で失敗してしまってね」

玉置先生はそのゼネコンの筆頭株主だった。

「君に、この会社の再建に協力してもらいたいのだが」

「…………」

「難しいことはわかっているが……引き受けてもらえないだろうか」

玉置先生と大変親しい日高勲氏に社長を引き受けてもらったという。日高勲社長はゼネコンの世界では全くのシロウトであった。

「…………」

私は即答できなかった。大きな舞台ではあるが、危険な賭けでもあった。私の鼓動が速く高く波打った。私は確かに神社に手を合わせた……チャンスをく

ださいと。大きな舞台で活躍したいと……。

それが沈みかけた中堅ゼネコンの上場企業……、あれだけ願った大きな舞台だが、大きな問題も抱えている。

私は沈みかけた船を浮上させることができるのか……。即答を避け、無言でいる私に、

「考える期間を一週間与えよう。ただし、一週間しか待てない」

玉置先生はそう言った。

債務処理から始めることが私の大きな舞台でいいのか……。自問自答した。

誰にも相談することなく決めようと思ったが、やはりこの時の私には迷いがあった。

14　尊敬する社長との惜別

永田町に呼ばれてから五日経っていたが、私は答えを出せないでいた。

その日、私は佐々木会計事務所の所長と食事をした。アルコールも入り、「そろそろ終電なので私は横浜に帰ります」そう言うと、「なあ、今日はもう一軒行こう。是非連れて行きたい店がある」今日の佐々木さんは強引だった。

いつもなら、「そうか、気をつけて帰れよ」と見送ってくれるのに、この日は何度断っても行こうと言う。仕方がない、ビジネスホテルに泊まろう。やれやれ、という感じでついて行った。

佐々木さんが連れて行ってくれた蒲田の「折鶴」という小さなバーは、十二時を回っているせいか、私たちの他に客はいなかった。カウンターにはママがひとりいるだけだった。

「このママはさ、手相を見るんだよ。よく当たるんだ。君も見てもらえ」

佐々木さんは私の手の平をママに向けた。

「あなた、今の仕事変わりますね」

いきなりママが言った。ママはカウンターから出てくると私の横のボックスに座り直し、

「あなた、次の会社では五年間、血の滲むような苦労をするわね。けれど六年目からはどんどん上る」

「…………」

「でもね、あなたの若さでは古参の人間に足を引っ張られる。あなたの手柄を同僚、部下に分け与えなさい。あなたの手柄は夜露のように朝になれば消えていく。その結果、あなたは引きずり下ろされることなく上れます。もしかしたら、てっぺんまで行くかもしれませんね」

「…………」

これは行け、ということだ……。そういうことなのだ……。

私はこの状況を啓示と受け止めた。よし、引き受けよう。難しい場面から出発するのは私に合っている。

手腕を発揮できるかどうか、自分との勝負だ。任されたこの仕事、玉置先生の納得いくものに仕上げて見せます……。

私は心の中で誓い、次の日、玉置先生の秘書に電話した。

こうして私は従業員数二千名以上の会社に移ることになった。冨士工という一部上場企業のゼネコンだ。

今までお世話になった会社に辞表を出さねばならない。やはり気は咎《とが》めた。しかし私は望んだのだ。大きな舞台が欲しいと。

社長のどのような怒りにも、ただただ頭を下げるしかない、そう決心していた。その前に上司である東京の支店長に話さなければいけない。

私は時々つまりながら、会社を辞める旨を話した。一緒にいて、力になってくれると思っていた、そう言ってかなり腹を立てるだろうと予想していた。

しかし驚いたことに、東京の支店長は
「神谷君、これはおれ個人の意見だけれども、君にはうちの会社は小さすぎる。君はもっと大きな舞台で活躍した方がいい。おれは賛成だ」

支店長はそう言ったのだ。

私は驚きのあまり黙してしまった。支店長はにこやかに私を見ていた。この支店長は太っ腹で後に引かない強さも持っていたし、包容力もあった。

私はこの支店長の元で非常に仕事がしやすかった。後にこの支店長は長野本社の社長に就任された野澤柳一郎さんであった。

支店長が後押ししてくれるのは嬉しいが、社長はそう簡単に辞表を受け取りはしないだろう。

本社に出向く前日に、やっとの思いで私はお袋に話した。お袋は途端に顔を引きつらせ、

「おまえは北信の社長にどれだけのことをしてもらったのか忘れたのか！」

と怒鳴った。

言い訳がましいが、私も反論した。

「お袋、おれは仕事を取りまくった！　どれだけ取ったか知ってるか！」

正直、本社を東京に移そうか、と言われるぐらい仕事をした。

「その時の恩は仕事じゃない！　北信の社長は私も親戚も絶対できないことをしてくださった！　苦しむおまえのために、あれだけの大金を差し出してくれたことを忘れたのか！　その時の恩をどうやって返すんだ！」

「……」

私は言葉がなかった。お袋の言うことはすべて正しい……。

けれど、私は抑えられない。体の奥底から叫び続けている……この願いを叶えたい、という自分自身の思いから逃れられない……。後には引けない……。

私はお袋を振り切り、土下座して謝る覚悟で本社に向かうしかなかった。

やはり社長は怒りに満ちた表情で私を睨んだ。

二十八歳の時に私を助けてくれた恩義のある社長に、私の辞表は悪魔の紙のように見えているだろう。

しかし社長は罵倒することはなかった。ただただ私を睨みつけた後でやっと口を開いた。

「君はずっと私の傍にいてくれるものだと思っていたよ……」

「申し訳ありません……」

そう言って頭を下げたまま、後の言葉が続かなかった。いっそのこと、ばかやろう！　と気の済むまで殴って欲しい……。

「東京支店の支店長が来たよ……」

「えっ……」

支店長が、長野の本社に……。

「君を送り出してやってくれ、と頼みに来た」

支店長が私をそんな風に……。私は絶句した。私のためにわざわざ長野まで……。

「神谷君はここに埋もれている器ではない、どうか、旅立たせてあげてくれと言われたよ……」

「誰よりもお世話になっておきながら、申し訳ありません……」

涙は見せまいと腹をくくって訪れたのだが、無理だった。

「いや、わが社は君に十分に仕事で返してもらったよ。ただ、私はずっと君と仕事をしたかった。それだけだよ……」

社長も俯いたままそう言った。

「………」

私は下を向いたまま顔があげられなかった。どんな面罵も覚悟で来た私だった。怒りの集中砲火を想像していた。それなのに社長は寂しそうに、ずっと君と仕事がしたかった……そう言ってくれた……。俯いたまま、社長から受けた恩の数々が私の頭の中を走馬灯のようにめぐっていた。

「社長、ありがとうございます。本当にお世話になりました……」

嗚咽しそうな自分の気持ちをふるい立たせて、それだけ言うのが精一杯だった。

「一部上場の会社なら人事は新聞に載るだろう。君が出世していく姿を新聞で知ることになるかも知れないね」

社長はそう言って両手で握手してくれた。

私は何度も何度も頭を下げた。この会社が私を育て、大きくしてくれた。この社長が窮地に陥った私を助けてくれた。一生忘れません……。一生感謝します……。

私は心に固く誓い、この会社を後にした。今でもこの会社で培った二十年間の日々は心に刻まれたまま消えることはない。

15　新たなる旅立ち

昭和五十五年七月十五日、四十二歳の私は株式会社冨士工に入社した。

私の入社する前から冨士工は危ないと新聞に出ていた。覚悟の出発だ。蒲田でバーのママが言った通り、最初の五年間は血の滲むような努力が必要だった。

玉置先生の期待に応えるべく西に東に奔走し、会社に貢献したい、もっと業績をあげ、できるなら日本一にしたい、と私の野望は果てしなかった。

仕事とは一生懸命やるだけでは駄目だ。仕事を苦にしては駄目だ。ゴマをすってもいけない。駆け引きもいけない。正直者はバカを見ない。天は必ず見ているのだから。

前の会社でもそうだったが、よーし、自分の底力を自分で見てみようじゃないか、バカな私でも仕事が取れるという喜びを味わおうじゃないかと、うきうきしながら仕事した。

私はビッときたらそのまますぐ行動に移した。そうでないと直感はすぐに止まるからだ。チャンスをすぐ行動に移すと直感は正しいと思って進む。

自分は人口七十三億の世界の中にピックアップされて誕生した、期待された人間、と日々自信を持って行動した。伸びる社員は、会社を自分のことのように思うものだ。前の会社の時と同じ気持ちで働いた。

会社は軌道に乗り、十年後、私は常務取締役になったが、私の姿勢は同じだった。部長クラスになると保身に走る者が多いが、その姿勢を私は好まない。言わなければならない、と思ったことは上司にでも意を決して進言した。

それによって左遷ということもあるだろう。けれどももっともだ、と思ってもらうこともあるのだ。

身の安泰ではなく、会社のために何ができるかを真剣に考えて仕事に従事した。社長にでも意見は堂々と述べるものだから、社長の怒りをかうこともあった。

私が専務の時だった。会社の創立記念日には自社が所有するゴルフ場で協力会の大コンペが催される。恒例の行事だったが、私は社員の時から疑問だった。部長クラスを何人も引っ張ってすることだろうか。下請けや義理ある管理職の人たちが七、八十人集まる。しかし銀行も役所も創立記念日だからといって管理職を引っ張ってゴルフに興じることはない。

外の目にはどう映るだろうか。バブルがはじけても冨士工にはそんな余裕があるのか……という目で見られる。確かに会社はゴルフ場をいくつか持ってはいたが、バブルは崩壊している。

「社長、今年も創立記念日のコンペをやるのですか！」

去年もやめてはどうかと進言したが、だめだった。

「今年はやめてはどうでしょうか！」

社長の目をまっすぐに見て言った。

「キミは何を言っている！　会社の創立記念日は会社が休みなのだぞ。ゴルフコンペの何が悪い！」

「お言葉ですが、社長、銀行や役所は創立記念日に休みませんよ！」

私は肚をくくって進言した。その日は社長室で四十分も話しあった。その間中、社長は怒りを抑えられない様子だった。降格されるならそれでもいい。私はピシッと自分の思っていることを伝えてスッキリしていた。


それから一カ月後に内線で私は社長室に呼ばれた。

社長は私をじっと見据えながら言った。

「キミの言う通りだ……」

自分に言い聞かせるように頷いた。

「盛大なゴルフコンペに興じている時ではない……」

長年の恒例行事であったゴルフコンペは取り止めになった。

「私ごときの意見を尊重していただき、誠に嬉しく思います」

私は深々と頭を下げた。

日高勲社長は積水から富士工に来て頂いた方だった。人柄が抜群に良く、経営手腕も大変立派な方だった。

しかし、たとえ社長であろうとおかしいと思ったら、はっきり口にしてよかったのだ。社長だからと良心に反したことは言えない。

天の神は人間にだけ良心をくれた。良心に従って生きたら怖いものはない。これが内なる神なのだ。神は良心の呵責を純粋に与えた。

そう信じて社長にでも文句を言うものだから、私は社長に煙たがられているかもしれない、と思っていたのだが、社長は私が考えていたよりもしっかり物事を熟慮する、懐の深い人物だった。

それから半年後に、私は社長の推薦で副社長になることができた。五十八歳の時だった。

もっと大きな舞台で活躍したい、という私の希望は叶った。その希望がその人に必要なものならば、それは必ず叶うものだと私は確信した。

私は、一部上場企業の副社長にして頂いたということは本当に嬉しかった。自分の能力をかってくれたことを大いに意気に感じ、この社長の傍らでさらに一生懸命やらなければならない、という使命感に燃えた。

日高社長はこんな話もしてくださった。地方から上京し中央大学の法学部に通った。しかし実家は貧しかったので、授業料も下宿代も、となると苦しかった。そこで父親が懇意にしていた代議士のお妾さんの家から大学に通わせてもらうことになった。

そのお妾さんはまるで母親がするように世話をしてくれたそうだ。情のあるいい方だった。うちは貧乏だったからどんなに助かったことか、と話していた。

こんな感動することもあった。冨士工に入社して五年目のこと。会社もようやく窮地を脱した頃だった。

「君がいなくなって、前の会社はさぞかし大変だろう。こちらは何とかなるから、少しの間、前の会社の助けになってやりなさい」

社長の言葉に驚いたが、私はありがとうございます、と素直に頭を下げた。前の社長に恩返しする絶好の機会だと思った。円満退社したとはいえ私の心の片隅に、まだ社長に済まない気持ちがくすぶっていた。その私を察したように日高社長は機会を与えてくれた。

この機を逃すことなく、何としてでも前の会社に恩返ししなければ……。私は嬉々として飛び回った。必ず元の会社に報いてみせる。日々奔走した。そして長野県の大型案件を三件受注することができた。

長野の野澤社長は東京まで飛んでくると、私の手を固く握り「ありがとう」と何度も繰り返した。「ありがとう……」の言葉がきれいな旋律のように響いた。私の胸のつかえがやっと下りた瞬間だった。

野澤社長はおもむろに鞄から紫の風呂敷を取り出すと、私の前に差し出した。

風呂敷の中身は想像できた。けれども私は、

「頂くわけにはいきません、社長……」

そう言って包みを押し返した。あれだけお世話になっていながら、私は後ろ足で砂をかけるように辞めた人間です。少しでもお役に立てたことにほっとしています。それで十分です……。

しかし風呂敷はまた、私の前に押し戻された。

「神谷くん、お願いだ、受け取ってくれ……」

それでも押し返す私に、

「やめて五年経った人間が、うちの会社のためにこれだけのことをしてくれた……オレは嬉しくて仕方ない……頼むから取ってくれ……」

最後に机に手をついて、

「頼む、オレに恥をかかせないでくれ……」

野澤社長は私の両手を握りしめたまま、繰り返し頷いていた。

私が心底尊敬する人物をあげろといわれたら、真摯に仕事と向き合い、アルバイトの学生だった我々を大切に導いてくれたヤマト運輸の山本さん、私に生長の家の祈りの深さを教えてくれた大石章二社長、そして最初に入社した会社、北信土建の野澤三郎社長、それにこの時の冨士工の日高勲社長だ。

私の心を大きく揺さぶった四人だった。そして、仕事に対する男の姿勢を見せてくれた二人の社長を私は尊敬してやまない。

男は勝負せねばならない時が必ずあることを教えてくれた。

私はこの二人の社長に心底惚れ抜いて仕事をした。本当に好きにならないと仕事はできないものだ。二人の社長に惚れて仕事できることの喜びを教えて頂いた。

そして私に精神世界の深淵を教えてくれた大石社長。生長の家に出会うことがなかったら私は重荷を背負ったまま路頭に迷い続けていたことだろう。

冨士工に入社することもできず、前の会社の社長に恩返しをすることもなく、自分の身の振り方もわからずに生きていたことだろう。

人は誰もが節目節目に大切な人との出会いがあるのではないだろうか。生きることの意味が紐解けるような気がする。

16　父親の筆跡　父親の魂

余りにも不思議な体験だった。そして、この世に偶然はない、と確信した日でもあった。

暑い日だった。私はお袋と二人で鳥羽を訪れていた。

父方の祖母は生前、繰り返し言っていた。

「三重の鳥羽に先祖である神谷儒太郎の墓があるというが、鳥羽には数えきれないほどの寺があり、儒太郎の眠る寺の名前を探すことができず、墓参りに行けなかった。それだけが心残りだ……」と。

儒太郎は参勤交代で横浜から鳥羽に行き、鳥羽の殿様の家庭教師となって、そのまま鳥羽に住み着いたという。

祖母はカナダに住んでいたこともあり英語の達者なハイカラさんであった。

八十を過ぎた頃に独り暮らしになってしまったので、私の家で一緒に暮らそうと申し出た。申し訳ないと何度も断られたが、遠慮はいらないからと説得し、我が家で一緒に暮らすことになった。

「儒太郎の墓はすでに無縁仏になっているかもしれない……」

無縁仏になる前に何とか墓参りがしたかった……そう言って祖母は八十八歳で亡くなった。

私にとっても気がかりな一言だった。先祖の墓参りがしたい……そう思い続けていたが実現しないまま時が流れていた。しかし、忘れることはなかった。日増しに祖母の思いを叶えたい気持ちが強くなっていった。そのことをお袋に話すと、お袋も同じように気にかけていた。

気にかけてはいたが、鳥羽にある寺をすべて回るには時間がなかった。それでも私の胸中から祖母の言葉が離れることはなかった。

いつか行かねば……何としてでも祖母の願いを叶えてあげなければ……。

そこで私は意を決し会社に休暇届けを出して、お袋と二人で鳥羽の地を訪れたのだった。

雲一つない日本晴れの日だった。鳥羽の国際ホテルを予約しておいた。あてなどなかったが、こうしてお袋と共に訪れたからには、何日かかっても墓参りをする覚悟だった。

きっと先祖の墓にめぐり合える……めぐり合って見せる……そんな気がしての鳥羽行きだった。

電車での長旅は老齢の体にはきついのではと懸念したが、お袋は疲れた表情も見せずに終始にこやかだった。

志摩半島に位置する鳥羽は稲垣氏三万石の城下町だった。ミキモト真珠島やイルカ島もあり美しい湾岸を臨める街だが、観光している暇はなかった。

なんとしても墓を見つけ出したい。その思いだけで鳥羽に来たのだ。

予約しておいた鳥羽国際ホテルに着くと、一服する間も惜しんですぐにホテルを出て、タクシーに乗り込んだ。

古いお寺の順に訪ねるつもりで運転手さんに訊いた。

「鳥羽で一番古く由緒あるお寺までお願いします」

「お寺の名前はわからないのですか?」

「はい、実は先祖の墓がどこの寺にあるのかわからないのです。一軒一軒あたってみようかと……」

「それはまた大変なことですね……」

運転手さんは考えた後で、

「親切な住職さんがいるお寺があります。そこを訪ねてみてはどうですか。何か手がかりをつかめるかも知れませんよ」

そう言って私たちをある寺に案内してくれた。古くこじんまりした寺だが、庭の手入れが行き届いていた。

応対してくれた中年の住職は「神谷さんの墓はうちにはありませんが、古い墓をお探しなら、この寺とこの寺に行ってみるとよろしいですよ」と丁寧にいくつかの寺を教えてくれた。

その最初の寺で私たちは絶句してしまう。何といきなり先祖の墓が見つかったのだ。それだけではない。住職は五百年にも及ぶ過去帳を出してきてくれた。その過去帳には神谷という名前が六名いた。

「あっ！」

私は驚愕のあまりしばらく声が出せなかった。

過去帳には父の名前が書かれていたからだ。

しかも父が亡くなった年のまさに命日の一月二十三日と記載されている。

そんなはずはない……。亡くなった日にここに来られるわけがない。

けれど父の字だった。

「間違いなくお父ちゃんの字です！」

お袋は驚嘆の声をあげた。私は身震いしてしまった。どういうことなのだ……。

父が死んだ日にこの寺を訪れるはずなどない……。

「魂が飛んできて墓参りしていったのですよ。戦地で亡くなった人にはよくあることです」

住職は驚くこともなく、にこやかにそう言った。

住職にしてみればよくあることでも、私にもお袋にも衝撃的なことだった。

この地で父の筆跡に遭遇するとは……。

私とお袋を鳥羽に来るように導いたのも父の成せる業か……。

「何十年も儒太郎さんの墓参りに来る人はいなかったので、無縁仏になるところでしたが、あなたのお父さんが、魂となって墓参りに来てくださったので、無縁仏にならずに済んだのですね」

住職のにこやかな表情にも私は茫然としてしまった。こんなことがあるのだ……。鳥羽に来てよかった……。いや導かれたのか……。

驚きながらも帰途につくお袋と私の心は晴れやかだった。父はいる……天にいる……私たちを見守っていてくれる……。私の心に安堵の灯りが宿った。

そして思った。この寺を探しあてられたのは偶然ではない……。祖母の最後のひとことを聞いた私は、常に心の奥底でそのことを思っていた。きっと祖父の墓を探して見せる……。それは潜在意識の中に刻まれていたはずだ……。

あの時もそうだった。交通事故を起こし多額の慰謝料を請求されて途方にくれた私は、大石社長に言われるまま毎朝神社で手を合わせた。最初は、お願いです、どうぞこの苦しみから救ってください……そう祈った。しかし途中から私の中に変化が起きた。この苦しみはきっと解決する……。そんな風に肯定的になっていったのだ。

願望よりも肯定することで深く潜在意識に刻まれて、解決に向かって行動してくれる……。

偶然はないのだ……。先祖が眠る墓を探し当てたのも、過去帳に父の筆跡を見たのも偶然ではない。きっとそうだ……。

望むことを明確に肯定することによって奇跡的なことが起きた……。

心の奥底に強く植えつけていたからだ……。心は人間すべてが持つ豊饒な大地で、意識する心は一粒の種。

よい種からはよい芽が出るし、悪い種からは悪い芽が出る……そういうことなのだと深く頷き、私は改めて心の深淵を思った。

人間にとって本当に大切なものは目に見えないもの。

心も見えない。心は誰にも与えられた見えない光。その光を黄金に輝かせるのは誰か……、暗闇に追いやるのは誰か……。それは自分自身……。己の成せる技。

広いこの天は見ている……そう感じながら日々過ごせばいい……。なんと健やかなことではないか。それだけでいいのだ。誰にでもできる。

天に恥じないように、天に愛されるように行動すればいい。多くの人間が持つ不平不満を天は喜ばない。

それなら不平不満を言うのはよそう。不平不満が心に湧き上がったら、その解決法を考えたらいい。対象を罵倒したからといって一時的に解消されるだけだ。心が悲しむ。天が悲しむ。

天が喜ぶことを、そう心に誓い行動していくと心が安堵した。心がどんどん平和になる。

人が好きになった。人と人が出会うということは単純なことではない。出会いを大切にしなければ……。

生きていく日々は決して晴天ばかりではない。嵐の日にも、凍てつく寒さの日でも、人がいれば肌を寄せ合って苦難を乗り越えられる。そして思った。

心を陽気にするには笑いと祈りと感謝と感動。すべてにお金はかからず、誰にでもできる。

陰気な心には悩みや苦しみが宿り遺伝子をオフにするという。心が遺伝子に大きく影響する。私の中でも日ごとにその思いは強く、確信に変わっていった。

それでも人は忘れてしまう。今日感動したことを、今日感謝したことを明日には忘れてしまう。だから繰り返し書物を読んだ。

遠方の講演や出張のない日は毎日神社にお参りした。そうして私の心に刻み込む。私は天に守られて生きていると。

生きているのは、ただごとではない。太陽がなくても、土がなくても生きていられない。そのことに毎日感謝して生きていたい。


亡くなったその日に、先祖の墓参りをした父の筆跡を見て、私は魂は不滅だということを悟った。

魂は父親の肉体が滅んだ後も生きていた。しかも自由に吉林省から鳥羽まで来た……。私は震えた。驚きの震えだけではない。体中が歓喜に包まれるような震えだった。

父親はいつもいる……亡くなった今もいる……私たちを見守っている……。

そう信じられることが嬉しかった。心強かった。

この寺に導いたのも父親だろう。自分が墓参りに来ていたことを知らせてくれたのだ。

吉林省に残った父親は、弱者を助けるという気概で病院を転々とし、しだいに体が弱っていった。お袋宛ての手紙にも書いてあった。

けれども父親は病人を助けるという使命感で、一瞬一瞬を命がけで生きていた。衛生面でも最悪の戦地で、若くして亡くなった父親だけれども、無念だと思ったことはない。

父親は徳積みという形で、私たちに大きな財産を残してくれた。その徳積みのお陰で、私の人生にいくつもの奇跡を起こしてくれたと思わずにいられない。


私は生きること、死ぬこと、そして魂について考えた。

人は誰もが死ぬ。しかし、死んだらすべてが終わり、ということなのか。いや、父親はこうして亡くなったその日に、中国から日本まで鳥よりも速く宙を舞うようにして寺まで来たではないか。

魂は生きている……。肉体は借りもの。善なる己を信じて素直に生きていきたい……。

魂が宿る、という言葉がある。その言葉通り魂は肉体という衣服を身につけ宿るのだろう。衣服が朽ちたあと、魂は次の衣服を待ちながら天界に存在する。

しかし、現世に降りる次の機会は、勝手に訪れるものではないように思う。それぞれの現世での所業により、次にはどの家に誕生するのか決まるとしたら、今の生き方は大きい。

さらなる自分を磨き上げることもでき、あるいは落ちることにもなる。それを知れば、次に誕生する自分のために、魂の高みを歩まねばという気持ちになる。

争ったりしている場合ではない。いかにして魂に喜びを与え感動を与えられるか。難しいことではない。

若い時の私は、善悪は表裏一体、相対的なもの、そう思っていた。しかし祈ることを知ってからの私は、人間は善であると言い切れるようになった。

善なる己を信じて素直に生きていくことに迷いはない。

17　再びの試練

私は大きな事故を除いては、祈りのお陰だと思うが、人生において心が疲弊したり消沈することはほとんどなくなった。

しかし生きていれば試練はたびたび訪れるものだ。

私が四十八歳の時だった。

私が仲人を務めたI君という男が、独立して電気工事業の店を持つことになり、「運転資金を借りたいので、どうか保証人になってください」と頭を下げて来た。I君は有能な男だった。彼は独立してやっていける男だ、と私は信じた。

私は二つ返事で銀行から借りる二千万円の連帯保証人になった。私はI君をまったく疑うことをしなかったから、保証書も担保もなくていいと伝えた。

しかし、最初は順調に動いていた会社は七年目あたりから傾き始め、十年目には倒産してしまったのだ。

保証人であった当時の私には二千万円もの貯えはなかった。青ざめ、落ち着きを無くした私にお袋は言った。

「いくらの保証人になったの」

「二千万だ……」

「ビクビクしないでみんな返したらいいよ！　おまえ、そんなことは承知で保証人になったんだろ！」

お袋の一喝で我に返ったが、銀行から「お金を揃えられないなら、この家を差し押さえます」と言われた。

「家などもっていかれるのも覚悟の上だろ！　ケチ臭いこと言うんじゃない！」

お袋はそう言うが、この家を手放して我々はどこに暮らすのだ……。お袋と私だけが暮らしているのではない。今では女房と娘もいる……。I君と問答したくてもI君の一家は行方知らずになっていた。

私は家族以外の誰にも相談できぬまま、何日も途方にくれていた。今日も銀行員が来ていた。私の家の査定に。

私は肩を落としたまま東横線の車中にいた。日課である神社にもお参りしてきた。その時は無心になれたが、こうして電車に乗っているとさすがに滅入った。すると、

「神谷じゃないか?」

前方から近寄ってくる男がいた。

「奈良崎……か……」

ヤマト運輸で一緒にアルバイトしていた明大の奈良崎だった。二十二歳の時に別れたまま、何十年ぶりの再会だろう……。

私たちは固く握手した。

「神谷、何かあったら相談に乗る……」

奈良崎は感じるものがあったのか、そう言った。

「あ、いや……」

私は曖昧に濁した。すると奈良崎は名刺を差し出した。

「私は今、こういう所にいる」

横浜の某保証協会の課長になっていた。

「偉くなったな……」

言いながら、私は名刺に見入った。奈良崎は保証協会にいるのか……。何という偶然なのだろう……。東横線で奈良崎に出くわし、奈良崎の仕事先を知ることになった。

名刺に書いてある肩書きは保証協会の課長……。ひょっとしたら、これは光が射したのではないか……。私の胸はにわかに高鳴った。

迷っている暇などない。日を置かず私は奈良崎に会いに行った。恥ずかしながら事の次第を奈良崎に打ち明けた。

「わかった」

奈良崎は深く頷くと即座に動いてくれた。保証協会の理事長と話し、I君が

取引していた銀行の支店長に目の前で電話をかけ、

「神谷さんが被った債務の全額、うちで引き受けます」そう言ったのだ。

私を信じてくれるのか……。大学時代のアルバイトで四年間一緒だっただけの私を……。信じてもらえることが、ただただ嬉しかった。心を覆っていたどす黒い闇が晴れていくようだった。

「奈良崎、即金を用意するとしたら、どの程度の配慮をしてもらえるだろうか……」

奈良崎に訊ねると、「理事長と相談する」そう返事してくれて、後日、

「神谷、即金ならば一千万でいいと理事長は言っている」奈良崎はそう言った。

一千万……。その時私は四十八歳で、賞与を五百万円も頂いていた。冨士工で頂いたその賞与に自分の貯金を足し、なんとか用意することができた。

昭和六十二年の出来事だった。家を失わずに済み、奈良崎には感謝した。

I君を恨む気持ちはなかった。敢えて探し出そうともしなかった。心苦しいと思うなら、いつか向こうから連絡があるだろう。連絡がなかったら、それも

私に課せられた運命だと甘受しよう。

　雨風がしのげる我が家が残っただけでも幸せに思う。それでいい。

　奈良崎と偶然に会ったのは、別れて以来、それが初めてだった。降ってきた運命的出会いとしかいいようがない。


　それから一年が過ぎ、忘れかけていた頃Ｉ君から突然連絡があった。電気会社を三社掛け持ちし、昼夜を問わず現場で働いているとのことだった。

「迷惑をおかけしたお金は、毎月少しずつお返しします」と言ってきた。私は怒りの気持ちは、わいてこなかった。

　Ｉ君は言葉通り毎月三万円振り込んできた。滞ることはなかったが、私は言った。「ボーナスの時にまとめて返してくれないか。年に二回の方が君も気が楽だろう」期待はしていなかった。返せない、と言ってきたらそれは仕方ない、と肚をくっていた。

　でもＩ君はボーナスごとにまとめて振り込んできて、十年かけてすべて返し

てくれた。最後の百万円を一度で振込んでくれた時、I君は、

「私を信じてくださって、ありがとうございます」

そう言って電話の向こうで声を詰まらせた。電話の前で頭を下げている姿が目に浮かんだ。私はただ、うん、うん、と頷いた。これでI君も肩の荷が下りただろう。これからは平穏な暮らしができるようになるだろう。

それにしても、奈良崎との出会いは大きかった。「奈良崎、助けてくれてありがとう」私は心の中で何度もつぶやき、奈良崎にお礼の電話をかけた。人生には「偶然」ということはないという。奈良崎との出会いも「必然」だったのだろうか。私は本当に多くの人に助けられている、と両手を合わせずにいられなかった。

そしてお袋の肝っ玉の大きさにも、改めて凄い人だと感じ入った。金よりも男らしさ、守りではなく攻め、恩には必ず報いること、常に強い口調でそう言った。

私にはなくてはならない人だった。

18　ブラジルに飛ぶ

ある日、一通のファックスが飛び込んできた。

それは、生長の家総裁のブログをコピーしたものであった。

そのタイトルは、

〝脱化石燃料に全力投球しよう〟というもので、

「アメリカはガソリンにエタノール一〇%を混合している、ブラジルはエタノール一〇〇%で自動車が動いている、日本はゼロである。それは脱化石燃料に全力投球をしていないからである」

そう書かれていた。

私はそれを目にした途端、頭にカァーと血が上った。

「よし、俺がやってやろうではないか」そう思ったら即行動するのが私の特徴である。

私はまず、徹底的に十日間の祈りを行った。その結果、私にこそ使命があることをはっきり確信した。

そうとなったら、いつ、誰と行動を起こすか、あらゆる人脈と方法など構想を練り上げ、私は奔走した。

祈りはきかれた。そして必要なことがあっという間に整い、ご縁をいただいた有力な会社の社長とタッグを組んで、二人でエタノールの合弁会社を作るために、二〇〇九年ブラジルのサンパウロに飛んだ。


私はこの事業計画が成功している状態を夢に見続けてきた。

石油の代替燃料としてのエタノールの自動車用燃料の開発を推進しなければ、という思いだ。かつて、自動車の登場期にはすでに燃料として使われていたエタノールだったが、やがて車の燃料は石油会社とともに有鉛ガソリンを推進するようになり、エタノールは使われなくなった。

フランスでも自動車が普及した初期には砂糖大根で作ったエタノールをガソリンに混ぜて使っていたが、石油が安価に入手できるようになると、ほとんどの国ではエタノールを使わなくなった。

しかし、近年になって地球の温暖化を防ぐ上で、排気ガスを出さないようにエタノールでCO_2を半分にして車を走らせている国も増えている。

けれども日本ではエタノールを使用した事業に遅れをとっている。

バイオエタノールはサトウキビやトウモロコシといったバイオマス資源を発酵させ、蒸留してつくられるエタノールであり、ガソリンの代替燃料として利用可能なのだ。バイオマスを原料として生産されるバイオエタノールを燃焼させても実質的な大気中のCO_2は増加しないという特性を持っている。

でんぷん質作物を糖化・発酵させ、濃度九九・五％以上の無水エタノールにまで蒸留して製造。さらに、稲わらや廃材などのセルロース系の原料から、エタノールを製造することも技術的には可能なのだ。

バイオエタノールの利用はガソリンと直接混合する方式と、バイオエタノールから添加剤を製造し、ガソリンに添加する方式がある。

地球温暖化防止やエネルギー利用の多様化を背景に、アメリカ、ブラジルを中心にバイオエタノールの自動車用燃料としての利用を拡大するための取り組みが急速に進められてきた。

諸事情から日本の石油業界ではエタノールを使うことを反対している。しかし、地球の危機的状況を考えたならばエタノールの効用を評価すべきだ。躊躇している暇などない。地球は刻々と傷んでいるのだ。

私は視察するためにブラジルに渡った。ブラジルでは一九七三年のオイルショックによる原油価格の高騰に対処するため、政府は二年後にプロアルコール政策を実施した。そして、ブラジルで豊富に取れるサトウキビから生産できるエタノールをガソリンに代替にすることを促進してきた。

七七年にはフォルクスワーゲン・ブラジリアを皮切りに導入され、ブラジルで年間に販売される新車の半数以上がエタノール燃料に対応した車となっている。

アメリカでもトウモロコシ生産地帯においてエタノール混合率一〇パーセントのガソリン、ガンホールが販売されてきた。

二〇〇〇年代にはエタノール混合ガソリンが広く販売されるようになった。エタノールとガソリンの混合燃料に対応した車の販売も増加している。

私は何としてもガソリンではなくエタノールを燃料とし、CO_2を減らしたい、世界中がそうなることを願い、二人でブラジル入りした。

ブラジルのルーラ大統領の側近が通訳も兼ねて大変努力してくださって、私たちは執務室で大統領にお会いできた。それでも事は簡単にはいかないだろうと、覚悟の上だった。

しかし、エタノール事業の話は予想以上にスムーズに運んだ。ブラジルの国営石油会社と資本金六千万円を折半し合弁会社を作るという提案が受け入れられたのだ。

国産バイオ燃料の利用推進、食料、農業、環境、エネルギーの問題解決に加えて地域の雇用確保と農地や国土の保全につながることもあり、とても重要だ。全世界のエタノール生産量もブラジルに合弁会社を設立した年から、約三倍になった。

この世界的な流れの中で遅れをとっていた日本においても、バイオ燃料の利用を加速させるためにバイオ燃料導入目標が設定され、国産バイオマス輸送用燃料の促進が位置付けられた。

石油代替エネルギーの生産は環境だけでなく原油価格高騰への対応策でもある。

しかしながら、日本においてはまだまだ小規模な実証試験段階にとどまっている。そうした状況の中でＪＡ全農は、新潟で畑作物への転換が困難な地域の水田を有効活用し、水田農業と一体となった地域循環型バイオ燃料事業の取り組みを推進している。

産地資金を活用し、転換作物への普及につとめ、いくつかのＪＡでバイオ燃料用米を生産し、プラントでバイオエタノールを製造している。

また全農新潟石油基地ではバイオエタノール混合ガソリンを製造し、県内のＪＡガソリンスタンドにおいて、十九ものスタンドでグリーンガソリンとして販売している。発酵残渣《ざんさ》においては、養豚農家と酪農家、肥料工場に販売し、副産物の液体飼料で飼育した豚肉は美味しいと大評判で、ブランド化して販売されている。

他には北海道内のＪＡ、道内企業などの出資により甜菜《てんさい》、小麦を原材料にした混合ガソリンの原料が販売され、同じ北海道の苫小牧では米を利用した混合ガソリンの原料が販売されている。

しかし、主なる事業実施はこの地区だけにとどまっている。

また二〇一五年には日本環境ビジネス推進機構代表として、インドネシアにおける一五〇〇万ヘクタール（岩手県の面積に相当）の植林活動の陣頭指揮を取らせてもらった。

いつしか地球が緑に覆われ、地球が喜んでくれる世界にしたいものだ。

19　母の死

私の「お守《まもり》」であったお袋にもお迎えの時が来た。

眠るように安らかに息を引き取ったお袋のそばで、私は流れてくる涙をぬぐうこともせずに、様々なことを思い出していた。

幼い子供二人を残して戦病死した父親に代わり、お袋は夢中で働いた。それでも子供たちを甘やかすことはなかった。悪い事をすれば叱られた。けれど、優しい言葉もたくさんかけてくれるお袋だった。

私はやんちゃでマイペースな子供だったが、お袋の言葉はいつも心に刻まれていた。

「人を選ぶことなく誰にでも必ず挨拶しなさい」この言葉のお陰で私は自ら声をかけ、にこにこと挨拶できる。

現代はクールな時代と言われ、隣人ともかかわらないことがよしとされている。しかし交わらずには生きていけないのが人間なのだ。「義理、人情、恩返し、これを忘れてはいけない」このことをお袋が教えてくれた。私はこれをGNOと呼び、講演する時でもよく話す。人間は損得で生きていたら、それは自分にとって逆に大きな損になる。損得の得は徳に代えて宇宙の銀行に貯蓄しておくのだ。「宇宙銀行」は何倍にもしてあなたに返してくれるはずだ。

母親の役割はとても大きい。子供は母親を選んでこの世に生を受けた、と思って愛《いと》おしく育ててほしい。

愛おしくというのは甘やかすことではない。きちんと挨拶できない子供が多くなってきているが、子供はいつか自立して生きていかなければならない。挨拶もできないようでは本人が困るのだ。挨拶、ありがとう、ごめんなさい、せめてこれだけは心から言えるように育ててほしい。

そしてつつましく生きることの大切さも教えてほしい。欲するものをすべて与えてはいけない。何よりもその子供のために。

つい先日、新聞に載っていた記事に私は涙した。

「現在四十七歳になる男性は依存症患者のリハビリ施設で暮らしている。彼はひとり息子で両親から叱られた記憶が全くない。欲しいものは何でも与えられた。

中学二年からシンナーを覚えトラブルを重ねた。それでも彼を叱れなかった両親は、彼が三十一歳になると突然姿を消した。彼を一人残し、黙って去ったのだ。

彼は〝裏切りやがって〟とささくれたが、施設で出会った相部屋の男性から浪費癖を厳しくとがめられ、人間関係を相談すると、きちっと諭してくれた。

四年後に新しい施設に移る時もその男性と一緒にだった。彼の両親への怒りは消えていった。

去年、年に一度ある施設のイベントに、初めて両親を招待したいと施設長に頼み、『見に来てください』それだけをビデオメッセージに入れて送ってもらった。

当日、会場に両親の姿があった。会えなかった十五年の月日に、両親の背中は曲がり、昔より小さく見えた。彼は母の肩を抱き、声を上げて泣いた。十五年分の話をした。日々の治療のこと、お寺の和尚さんと文通していること。母親も、同じ年頃の青年を見ると、いつも思い出した、と泣いた。両親の連絡先は聞かずにお互い別れた。年に一度のイベントの時にだけ会う約束をして」

読み終えたあと、胸が熱くなり落涙してしまった。


きっと優しい両親なのだろう。一人息子が可愛くて仕方がなかったのだろう。けれど悪いことは悪い、と叱らなければ社会性のない子供に育ってしまう。

子供はいつか自立して社会に飛び出していくものなのだ。いつも子供のまま両親のそばにいるわけではない。姿を消すという苦肉の選択をした両親はどれほど辛かったかと思うが、その選択は正しかったと思う。

住所も知らせず完全に離れたことで、彼は共に依存症と闘い、様々な相談もできる男性とも会うことができたし、寺の和尚さんとも文のやりとりができるまで成長した。両親以外の人の愛情を感じながら生きている。彼の未来は明るい。

姿を消すことが、何より彼のためになる、と決心した母親は凄い。

母親になることは簡単なようで難しい。子供の人間性に影響を与える存在だからだ。子供というものは母親の言動がいつまでも心に残る。

私はこの歳になっても〝お袋は、あの時あんな風に叱ってくれたなあ〟と感慨深く思い出す。そのたびにありがたい気持ちでいっぱいになる。

子供にとって、母親は最初に影響を与えてくれる大人だから、存在は大きい。最小限の礼儀だけはきちんと教え、甘やかさず、けれど深い愛情を持って子供を育ててほしい。

私にとってもお袋の存在は大きかったから、お袋が亡くなった時はかなり堪《こた》えた。父親の代わりでもあったし、お袋の厳しい言葉にも私はいつも納得できた。

愛情が深く、しかも強い人だった。父親を尊敬し、父親が亡くなった後も成人した私の行動に憤りを感じるたびに「お父ちゃんに申し訳ない、死んでお父ちゃんにお詫びするからね！」と叱り飛ばされた。

お袋の真剣さが痛いほど伝わってきて、そのたびに私は畳に手を付いて謝った。

「いいか、光徳、本物になりなさい。過去の失態の帳尻を合わせるためにも、これからはいい種を蒔き続けなさい」そう言い続けたお袋だった。

肉親でありながら人間として尊敬できる人だった。

もう私を叱ってくれることのないお袋の傍で、私は静かに泣いた。涙はいつまでも頬を伝わった。これほど泣いたことはなかった。

最初の会社を辞めて富士工に移るという私に、お袋は顔を歪めて「仕事をたくさん取ったから恩返ししたと思っているのか！　恩とはそういうもんじゃない！」と私の頬をひっぱたいた姿が蘇ってくる。もっと孝行したかった。すみません、お袋……。再び生まれて来ても私はお袋の息子でいたい……。

富士工の総務から、受付をお手伝いさせてください、と言われた。でも私の手でお袋を送りたい……。お袋の最後に私という男を見せたいと思った。お袋の最後は自らの手でビシッと決めたい……。

なんと、通夜には千五百人以上もの人が来てくださった。その多さに、焼香台は急きょ八台に増やされた。生花の籠は百個を越えた。花が大好きだったお袋は天国で微笑んでくれただろう。

のちに総理になった小泉純一郎先生、衆議院議長の伊藤宗一郎先生その他多くの先生方からの花も並んだ。

社員から「預かって来ました」と渡された香典にはメモがついていた。「副社長は私のことをわからないと思いますが、掃除をしている者です……いつも優しくおはよう、ありがとう、と声をかけてくださって……ありがとうございます」そう書かれていた。私は目頭を拭った。こちらこそ、それぐらいのことで、と感謝し、嬉しかった。

盛大にお袋を送ることができて私は安堵していた。天国に行ったらお袋は父親を探すだろう。いや、父親の方から駆け寄って来るに違いない。幸せそうな二人の姿が想像できた。

それからしばらくは平穏な日々が続いたが、世の中は日々流動する。銀行、そして建設業界にも不況の波は押し寄せていた。私が六十二歳の時だった。ゼネコン、一部上場企業など二十数社が潰れた。

その中に私の会社、冨士工も入っていた。冨士工にはスポンサーがついたが、社員のほとんどが放りだされる。

私は若い社員の再就職のために奔走した。上層部は冨士工に残りたいと必死だったが、私は自分のことはどうでもよかった。社員の生活の方が心配だ。若手社員の再就職のために奔走し、結果的に五十三名の若手社員を就職させた。一部上場企業にも四名入れた。

さて私はどうするか、と思案していると冨士工を引き継いだ新しい社長から「神谷君、冨士工に残ってくれ。一年間、君が社員のために必死で他の会社を飛び回って頭を下げている姿を見ていた。是非、この会社に残ってもらいたい」

そう言って頂いて、私は冨士工に残ることになった。

役員の中で残ったのは私ひとりだった。しかも役員待遇だった。給料も私が思っていたよりも多く頂いた。なんだか申し訳ない気がした。

常勤が五年間続いたあと、非常勤になり月給は半分に減ったが、それでも四年間、私のデスクは残っていた。冨士工に六十九歳までいたことになる。

冨士工を辞めた後、もう自由の身だろうと思ったが、顧問にしたいと十社も名乗り出てくれた。嬉しいことだった。顧問料は安くていいと、提示してきた額より下げた。

三年間十社の顧問を続け、五年後にはもういいだろうと辞めることにしたが、現在も四社残っている。

20　天を相手にせよ

自分ではどうすることもできない事故を招き、生きていることが辛かった二十八歳の時に、私は祈りと出会った。

最初の頃、目に見えない漠然としたものと捉えていた私だが、毎日神社で手を合わせているうちに、日を増すごとに私の中に祈りは浸透していった。

こういうことなのだ……。祈るということは……。神様、助けてください……そう取りすがるのではなく、天の神に御心を預けた、ということなのだ……。

植物に光が必要なように、人間の心にも輝く光が必要だ。人間の澄んだ心にこそ光は燦燦《さんさん》と輝くことを知った。

生きていく道のりには薄氷を渡らねばならないこともある。どんなことが起きても対応できる自分であるために、私は天を仰ぐ。

天は心に応えてくれる。天地万物は慈しむべきものであり、一体であると教えてくれる。

突然の難事が起ころうとも、自分がどのように対処するべきか天は叡智の光とともに示してくれる。

日々、常に神を感じている自分がいる。

天に向かって私は感謝の念を持つ。祈りはいつでもできる。そのことにさえ感謝する。

祈る私はなんとも表現しがたい落ち着きと幸せの中に身を置くことができる。

いかなる場合も絶望することなく屈託することもなく、心に喜びを充満させていたい。

西郷隆盛の「人を相手にせず、天を相手にせよ」を理解できるようになった私は、その言葉を座右の銘にした。

谷口雅春先生の『聖経　甘露《かんろ》の法雨《ほうう》』にある一節

すべてはこれ心《こころ》、
物質《ぶっしつ》にて成《な》るもの一《ひと》つもなし。
物質《ぶっしつ》はただ心《こころ》の影《かげ》、
影《かげ》を見《み》て実在《じつざい》と見《み》るものはこれ迷《まよい》。
汝《なんじ》ら心《こころ》して迷《まよい》に捉《とら》わるること勿《なか》れ。

谷口雅春（生長の家　創始者）

私はこの一節に惹かれる。短い言葉の中に、真理がはっきりと語られている。現象に捉われて迷ってはいけない。実相あるのみなのだ。実相とは神の御心であり、私たちの真の心なのだ。

私に谷口先生の書を引き合わせてくださった大石章二さんは、真理を学ぶことに触れ、人間としての深い道を学ぶ機会を与えてくださった。幸せなことに、人はいつからでも学べる。

祈ることを知り、私の人生は素晴らしい方向転換をすることができた。心底感謝している。

私のところには中小企業の経営者もよく相談に来る。悩みを聞いた後、よく私は「祈られたらどうですか」と勧める。すると相手はもしかして宗教の勧誘をされているのか、と大抵驚くが、もちろんそんなことではない。

例えば外科のお医者さんは、そのほとんどが手術をする前日、この手術が成功しますようにと祈っているそうである。

母親は我が子の具合が悪くなれば、一晩中、寝ないで心の中で祈り続けることだろう。

中小企業の経営者たちも「この仕事が取れなければ会社が傾く」と思えば手を合わせる気持ちで動き回るだろう。

しかし人には現金を貯め、現金にすがりつくよりも先に、徳の貯金が必要だ、と強く語りかけたい。

心理カウンセラーの植西聰さんは「宇宙銀行に〝徳〟を貯金するため、無理にでも人の役に立ってほしい」とおっしゃっている。

宇宙銀行に〝徳〟を貯金することで、そこで積み立てられた〝徳〟が現実社会で返ってくるのだと。

例えば、社長の器は大きくないのに、会社だけはしっかり順調に大きくなっている、ということがある。それは先代か先々代の〝徳〟が生きているからだ。

しかし、その社長がまったく人の役に立たなかったら、積み立てられていた〝徳〟はやがて使い果たし消えてしまう。

先日、鬱病の患者を治すことで有名なクリニックの先生に、現在たいそう増えている鬱病の原因を尋ねると、先生は即座に答えてくれた。

「日本人に人情がなくなったことです。思いやりがなくなったから鬱病患者がたくさん増えてきたのです」

人は生きている。生きているからには情をかけあい、生を全うしたいではないか。目に見えないものほど重要なことを一人ひとりがしっかりと胸に刻んで行動してほしい。

形あるものはすべて無くなる。会社でもビルでも耐久年数が過ぎたら解体して無くなる。目の前にあるご馳走も食べたら無くなる。人間も必ず死んでしまう。目に見えるものはすべて無くなるのだ。

ならば目に見えないものにこそ、目を向け学ばねばならない。親切や真心、そして愛。心も目に見えることはない。けれどそれこそが一番大切なものなのだ。お袋は毎朝二階の窓を開け、太陽に手を合わせて祈っていた。昔の人の多くはそうしたと思う。

だからこそ悪いことをしたら「お天道様が見ている」というのだ。

人間を恐れてはならない。天を恐れなければ。天は誰にも平等に機会を与えている。同時に蒔いた種は自分で刈るように仕向ける。

天は複雑さも含めてシンプルなのだ。素直な心にスッと響くはずだ。

七十三億もの人間がいて、どうして同じ顔がいないのか？　それは、あなたでなければいけない使命を持って生まれてきているから。皆役割を持っている。無限の可能性を持っている。

人間の体の六十兆の細胞が一糸乱れず助け合って、私たちを動かしている。偶然できたのではない。細胞は助け合って生きているのだ。

松下幸之助さんの残した言葉で大変感銘を受けたものがある。

「賢い人間は会社を伸ばし発展させることができるが、会社を潰すこともできる。賢い人間は国を繁栄に導くことができるが、国を潰すこともできる」

それは「私心」があるか無いかで決まる。私もこれまで何度も「大きな舞台で動くには、天と繋がらなければうまくいかない」ということを実感した。

「私心」があっては駄目なのだ。正義感、使命感に燃えて、自分のすべてを捨て、自分を滅して動かなければ本物になれない。

人間は何のために生きているのか。何のために仕事をするのか。よい仕事ができた時は確かに嬉しい。でもその喜びはせいぜい三日間程度。つかの間の喜び。

けれど一週間でも十日でも続く喜びがある。例えば電車でお年寄りに席を譲った。別れ際にお年寄りが「ありがとう」と微笑みながら何度も頭を下げてくれた。すると心の中がいつまでもほのぼのした気持ちになる。

それは人間が皆、潜在意識の中で人の役に立ちたいと思っているからだ。そういう風に人間は生まれている。

昔の偉人はこう言った。

「小事を軽んじず、至誠を尽くせ。小事に至誠を尽くせば、誠となる。誠あるものはにじみ出る。にじみ出れば表れる。表れれば、いよいよ著しく。著しければ感動を呼ぶ。感動は変化を起こす。変化は万物を生育する。天下において、至誠を尽くす者のみが、己を世を変えることができる。誠を尽くし、たゆまぬ歩みを続ければ、この世は必ずや変わる」（中庸より）

21　トップとの出会い　彼らの信条

生長の家栄える会会長、栄える会名誉会長と歴任させて頂き、日本中を講演して飛び回った。その中で企業のトップの方たちと出会う機会にも恵まれた。ドトールコーヒーの創始者鳥羽博道氏は大変貧しい家庭に育った。勉強したいと山を越え商業高校に行ったが、世界に飛び出そうとすぐブラジルに飛んだ。これからは日本人も珈琲を飲むようになるはずだ。珈琲を学ぶためにブラジルに飛ぼう、と大いなる希望をもってブラジルに渡った。さまざまな苦労の末にドトールコーヒーを全国に出店するに至った。

鳥羽氏は講演で語る。「至誠通天」、誠の道だけが天に通じる。曇りを持ってはいけない。曇りを持たずに、心を清める。誠の道だけを生きていたなら、必ず人は人生を成就できる。誠の道以外にない、と力説される。

五十年、取引先と一度も駆け引きしたことはないと言い切れる人生は素晴らしい。

キヤノンの会長賀来龍三郎氏とは七年間、日本中講演して回った。

賀来会長はある日の食事の席で神妙な面持ちで言われた。

「神谷さん、小泉純一郎先生は行政改革をするだろうか……」

いつになく真剣な表情で私に問いかけてきた。私にもその答えはわからない。

「それでは賀来会長、小泉代議士にお会いになったらいかがですか」

「是非、お会いしたい」

「わかりました」

私はすぐに小泉代議士の秘書に電話した。折り返し改めてお電話します、との返事だったが、翌日には秘書から電話があり、後日赤坂の鶴よしでお引き合わせすることになった。

小泉代議士の開口一番は、

「会長さん、カメラ業界のほうはどうですか？」と社交的な挨拶だった。

するとと賀来会長は「カメラ業界のことなど後回しでいいのです！　今の日本を考えると仕事などしていられません！」と悲痛な面持ちで小泉代議士に詰め寄った。小泉代議士は「まあ、一杯」とにこやかにお銚子を手にしたが、賀来会長は杯を手にせず小泉代議士の前に両手をつくと、

「このままでは日本の国は破綻してしまいます！　小泉先生、ぜひ行政改革をしてください！」

賀来会長は叫びながら頭を下げられた。

「どうか、この国をよろしくお願いします！」

この時、賀来会長は透析している身だった。長生きはできないことも悟っておられたのかも知れない。

だから小泉代議士と酒を飲みたかったのではない。一度お会いして、日本国民としての志を伝えたかったのだ。

賀来会長は二十年後の日本を思って学生たちにも話していた。日本というこの

素晴らしい国をこれから背負っていく学生に託したいと読売新聞にも語っていた。

賀来会長は七十五歳で亡くなったが、「日本をお願いします」と小泉代議士に願わずにいられなかったのだろう。

鶴よしでお会いしてから半年後に小泉代議士は内閣総理大臣になった。

賀来会長のお別れの会はホテルオークラで行われたが、四千人も集まった。

弔辞で衆議院議員の森山真弓氏は「賀来さん、あなたは総理大臣が小泉純一郎先生になって、やっと日本の政治に明るさを見出して喜んでいらっしゃいましたね……」

郵政民営化を叫び続け、行政改革に漕ぎ着けた小泉首相に賀来会長は安堵して天上人となられた。


ダイソーの矢野博丈社長は、大変なご苦労の末、百円ショップのノウハウを確立され、「ダイソーは百貨店、スーパー、コンビニに次ぐ第四の業態」と表現されるに至った。店舗数も国内外で五千に達するまでの大盛況である。

矢野社長は絶対に講演しない人として知られていたが、私は知り合いの故前野徹さん（元東急エージェンシー社長）にお願いし、講演の依頼をしていただいた。

ダイソーの矢野社長が講演されたのは後にも先にもこの生長の家栄える会だけであったと思う。感慨深いものを覚える。

社長と名のつく方々と共に講演することで、私たちは様々なことを話し、多くの心の糧を共有しあった。

端的に抜粋してみる。

会社経営の為の心得

●会社を経営する上に欠かせないものとは、先方の人間がマイナスにならないように熟慮し、自分も最小限の利益を得る。
●単純で素直で利他の心をもった人間は伸びる。そうした人を伸ばすのが上司の任務。

●目的というのは目標の意味を示したもの。具体的な目標を着実に仕上げていく。

●社員を叱咤するだけではいけない。援護射撃による功績が望ましい。

●経営というものは同じように経営していたのでは、十年後には半分の規模になり、さらに十年後には無くなっている。つまり、時の流れを敏感に感じながら変化させていかなければならない。変化を求めて人は移動するものだ。

●ナインアワーズ、稼働率九十八パーセントの経営。

●昔、宗教は絵巻物で書かれていた。つまり、わかりやすいという経営が重要。

●社会や個人のニーズに合わせる。ウオンツに応えるということ。

●欠けても欠けても次々に補給して生き残る。ＡＫＢやＥＸＩＬＥに学ぶことは多い。飽きさせないことに日本人は長けている。

●必要な時に必要な金が入る人を金持ちという。今一億持っているから金持ちなのではない。

●お金があればあるほど不安になるのは使い方を知らない人。

●人の役に立つ事が主力。夢を描く練習をし何を持って人を喜ばせるかを考える。
●心の中に何を植えているかによって人は変わる。心の畑に不平不満の種を植えていれば、実はいいものは出ない。大根の種を蒔けば大根、にんじんの種を蒔けばにんじんが出るように、心の畑に悪い種を蒔いたなら、悪い芽しか出ない。
●仕事のできる人材に育てるためには、一生懸命仕事をさせるだけではだめだ。仕事に志をもつ感性を養わせる。
●人をまとめるには、大胆にして繊細な気の使い方をする。
●利他主義を心に刻むこと。利己主義は結果的に損失を生む。利他主義を常に心がけた結果が悲惨になることはない。
●現代は話題に飛びつくイベントの時代。話題を開拓していくことでマーケットになる。ウソ、ホント、を超越したマドンナ、レディ・ガガなどのように。
●情報社会というものは常に新しい変化を求める。だからニュースに飛びつくし、吸い寄せられる。

22　地球と人類の存続

人間の細胞は六十兆もあるが、細胞同士の戦いはなく、みごとに死んで新しいものが生まれる。その材料は地球の元素からもらっているというから、生きているということは生かされているということでもある。

命は尊い。命の継続は三十八億年ミスなく続いてきたのだから。地球がなければ人類は続くことはなかった。

けれども今では限界がきている。温暖化……それは人間の手によって起きた。地球を元に戻さねばならない。気づいた人から動いていかなければならない時期にきている。

奇跡は待つものではなく起こすものなのだ。

現在、日本経済人懇話会の会長を務めている私は二〇一四年八月、次世代のためのシンポジウムをベルサール汐留で開催した。環境破壊により制御不可能な状況にならないために国民のひとりとして経済人としていかに行動するか、地球温暖化をテーマとしてシンポジウムは開かれた。

講師には生態学者であり、植林の第一人者でもある宮脇昭横浜国立大学名誉教授、分子生物学者、遺伝子工学の村上和雄筑波大学名誉教授、工学者であり、地球環境の第一人者である山本良一東京大学名誉教授の三人を招き、コーディネーターはＣＳＲ（企業の社会的責任）の専門家の岡本享二氏に引き受けてもらった。当日は千人を予想していたのだが、何と千二百名もの人々が汐留浜離宮ビルに聴講に訪れた。地球の変化に対する関心の深さが伺え、私は正直ほっとした。

地球温暖化によるさまざまな悲劇。日本経済人懇話会は二〇一三年から、この問題に取り組んでいる。すべての生物が生き続けられる環境を取り戻すため我々はいかに行動するか、具体的な取り組みを提案している。

地球温暖化を阻止する活動を続ける先生方のお話を聴き、我々が美しい地球を後世に繋いでいくためにはどう行動すればよいのか、しっかりと知る必要がある。

山本良一教授は「世界の主要な科学者たちは、人類は地球の表面を支配し、地球環境の破壊、略奪を行い破滅に追い込もうとしていると考えています」と語る。

世界各地で洪水が猛威をふるい、北京では気温が過去最高を更新した。巨大なグリーンランド氷床も融解し、西南極の氷河も急速に崩壊し始めている。このまま温暖化を放置すれば世界の海面水位は今世紀中に一〜二メートル、数世紀で十メートル上昇すると予測される。

領土の一部である日本の海岸線すらなくなるかもしれない。

山本教授は日本の優れた環境技術やエコビジネス、環境経営を世界に普及させるための活動に二十年取り組んでいる。

日本には素晴らしい環境技術を持つ中小企業や小規模事業者が多く、アジア太平洋地域ではそうした技術を必要とするところが数多くある。

結果、世界各国でグリーン経済が動き始めている。山本教授も参加しているアジア生産機構では二〇〇四年からアジア太平洋各国で、日本の優れた環境技術を紹介する「エコプロダクツ国際展」が実施されており、中小企業や小規模事業者とのコラボレーションも考えられている。

村上和雄教授は最先端の遺伝子工学の研究から「感性と遺伝子は繋がっている」ことを究明。

想像をはるかに超える人間の持つ偉大な可能性を開花させる「眠れる遺伝子の目覚めさせ方・考え方」を解き明かそうと研究を続けている。

科学に身を置きながら、哲学、宗教、宇宙論をも包み込む独自の世界観を展開している。

村上教授はとてもユーモアがあり、遺伝子にまつわるこんな笑い話をしてくれた。「預言者が、あなたのお父さんは明日死ぬ、と若い娘に予言しました。さあ、大変。元気なお父さんを死なせたくない娘は、ずっと父親のそばから離れずに見守り続けました。しかし、予言の一日が過ぎても父親は元気です。娘はほっと安堵しましたが、隣の家に住む男が急逝しましたとさ。怖いですねえ」

つまり娘の遺伝子は隣の家の男のものだったという訳だ。遺伝子工学の技術が進むとこうしたこともわかってしまうという笑い話だ。

村上教授は「笑いなさい、笑うと健康になりますよ」とよく言う。それは健康遺伝子がオンになるからだ。健康の遺伝子をオンにし、不健康の遺伝子をオフにすること。心の動きが変われば遺伝子も変わる。血糖値も笑いによって健康遺伝子がオンになる。

実験によって結果はでている。ネズミをくすぐると、ネズミは笑い声を出したりはしないが、くすぐる手を止めると、もっともっとという風に人の手に寄ってくる。

検査の結果、くすぐられることで神経伝達物質のドーパミンが働きだすという結果がでている。

人間にも幼児期に心地よい刺激を与えてあげるといい。幸福感を与えるとストレスにも強くなる。子供が遊べる環境を作ってあげることが大事だと思う。

我々の遺伝子は九十数パーセントくらいオフのままこの世を去るという。それをオンにするには心が明るい人間でなければならない。そして「人の役に立ちたい！」と心から思った時、次々にスイッチが入っていくそうである。

その時、人間の能力の百二十パーセントが発揮できるようになるのである。


村上教授は、本当に大事なものは目に見えないものではないのか、と語っておられる。科学者の村上教授のこの言葉には重みがある。科学を学べば学ぶほど、皮肉なことに、サムシンググレイト（目に見えない偉大なもの）の大切さを知ることになるといわれる。

宮脇昭教授は世界初の国際植生学会名誉会員でもある。

命を作る森づくりを推進し、横浜国立大学に木を植えた。今ではそこに立派な木々が立ち並び、震災の人たちの隠れ場になるほどに人を守ってくれている。

グリーンベルトに囲まれた避難場所が一番よい。

地球に緑を育てたい。環境を守るために森を作ろうと、世界を飛び回り自ら植樹を行い、子供たちにも樹を植えることの大切さを教えている。

木々は災害から人間を守ることは周知の通りだが、人間は己の身勝手な利益のために必要以上の伐採を行い、災害から守れなくなっている。

いつ何時、地震や風水害がやってくるか知れないのだ。

植樹は世界共通にできる防波堤になる。もっともっと世界中の多くの人々に意識してもらいたいと宮脇教授は自ら世界の子供たち、大人たちに植樹の必要性を語り、現地の人々と一緒に植樹している。

命が一番大切。今生きていることが一番大切。その生きている我々が何をするか。何ができるか。

宮脇教授と一緒に植樹を終えた子供たちはみんな笑顔で写真に写っている。苗を植えることは、土や自然を感じるもっとも人間らしい行為だと思う。だから植え終わった子供たちの目は達成感で輝くのだろう。それが本来の人間の姿だ。

宮脇教授は子供たちのその輝く瞳に触れた時に疲れも一掃され、また明日の活力が生まれる、世界中の皆さんとともに命ある限り木を植えると断言する。

誰でもどこでもできることは木を植えること。人間の繋がりが苗一本から始まることもあるのだ。

宮脇教授のうしろ姿を見た子供たちが、自分もそのような道に進もうとしてくれるかもしれない。そうして地球を救おうとする人々が地球に溢れてくれることを宮脇教授は願っている。

23　ダライ・ラマ法王をお招きして

ダライ・ラマ法王をお招きしてお話をお聞きしたい。

長い間、私はダライ・ラマ法王に環境問題を講演して頂くのが願いだった。

ダライ・ラマ法王十四世はチベットの精神的最高責任者である。一九三五年七月六日チベットのアムド地方タクツェル村に生まれ、二歳の時にダライ・ラマ法王十三世トゥプテン・ギャツォの転生者に認定されている。

ダライ・ラマ法王は慈悲の仏様である観音菩薩の生まれ変わりであるとチベットの人は信じている。菩薩は自らの悟りを諦め、すべての生きとし生けるもののために奉仕することを願い、この世に生まれ代わり続けていると伝えられている。

ダライ・ラマ法王十四世は一九八九年にノーベル平和賞を受賞。世界各国を巡り、宗派を問わず互いの理解を深め、対話を通じて世界平和に貢献している。

一九五九年に中国のチベット侵略によりインド北部に逃れ、亡命政府を樹立した。政教一致体制は徐々に民主制へ移行。

二〇一一年、民主的に選ばれた指導者に政治的権限を移譲した。しかし、中国政府からは分裂主義者と非難される。

現在、インドの北部ダラムサラに暮らしている。故国チベットの自然環境破壊を目の当たりにして心を痛めない日はないという。

ノーベル平和賞の授与は、非暴力の戦いを続けてきたことが評価された。法王は異なる宗教の相互理解などに力を入れ、欧米やアジア諸国を訪問し、オバマ大統領らアメリカの歴代大統領とも会談している。

精神的指導者として、世界中の人々に愛されているダライ・ラマ法王を、私は尊敬してやまなかった。いつの日かお会いできることを、切に願っていた。

映画『セブンイヤーズ・イン・チベット』も観た。法王は子供の頃から慈悲に満ち、物怖じせずに冷静に物事を判断する力があった。

チベットを訪れたオーストラリア人に映画を上映する技術を教わり、世界に目を向け思考することを自分に課したのは少年時代からだった。

どうしたら人間は幸せに暮らせるのか……どうしたら暴力的支配を避けられるのか。地球に生存するすべての人が幸せに暮らすことはできないのか。迫害を受けながらも必死に平和を唱え活動してきた方だ。

ダライ・ラマ法王の書物を読むほどに、会いたいという想いは募った。

そして、その願いがとうとう叶った。二〇一五年四月六日、読売ホールに法王をお招きすることができたのだ。この日のことを私は一生忘れることはないだろう。

その日の天気予報は雨となっていた。しかし、読売ホールに後光がさしたかのように晴れ渡った。

実行委員長は日本学士院賞をはじめさまざまな受賞歴のある遺伝子工学の世界的権威であられる村上和雄名誉教授。村上先生はダライ・ラマ法王との深い親交があり、力強いご支援を頂いた。

副実行委員長は私が承《うけたまわ》り、「次世代のための環境シンポジウム二〇一五」が開催されたのだ。

前項でもお話ししたように、私は環境問題に取り組む運動を世界的に著名な宮脇昭名誉教授、村上和雄名誉教授、山本良一名誉教授と、三人の先生方の指導のもと、三カ年構想で進めてきた。

一年目には「気候変動を伴った環境問題の現状と課題と展望」、二年目には、環境省の援護を得るという国家的な段階まで発展し、いよいよまとめの年を迎えた。

そんな時に熱望していたダライ・ラマ法王のご指導を仰ぐ栄誉に恵まれた。

ダライ・ラマ法王は「地球は人類が共同で受け継いできた財産であるばかりでなく、生命の究極の源です。私たちに地球を滅ぼす力があるのなら、同様に地球を守る力もあるはずです」と述べられている。

私たちにできることを共に考え、世界に発信し世界の政治、経済、宗教界等すべての分野の方々と勇気をもって、母なる地球のために立ち上がる舞台にしていきたいと願い、多くの支援企業の協力のもと次世代のための環境シンポジウムの開催を迎えることができた。

ダライ・ラマ法王は語った。

「人類は古今未曾有の危機に瀕しています。非科学的な日常になっているのです。貪欲、無知を野放図に広げ、正しく知ることの欠如から大変なことになっています。

今我々は正しいライフスタイルを実行すべきです。まだ人類には一縷の望みはあるはずです。人類は一度Uターンすべきなのです。

地球全体の森林度が下がっています。地球の四十三パーセントが人類によって支配されています。緑の伐採、資源の伐採により二〇五〇年には五十パーセントが人類に支配されてしまいます。

生命を維持するためには、このままでは地球は劣化してしまいます。

我々が革命を起こさなければいけません。

大事なものは資源、生物、環境です。科学や技術をいかに使うか。地球生態体系と共存するためには倫理パネルが必要です。倫理パネルとは宗教、倫理学、哲学です。

文明を維持するために必要なのは普遍的倫理です。

仏教的に言うならば、菩提心を曙光として涅槃の境地に向かって欲しい。宗教的、哲学的、倫理的情熱で生きていって欲しいということです」

現代はグローバル化しすぎて様々なものが見えなくなっている。

人間は六〇兆もの細胞を持っている。天文学的数字がみごとに協力し合いながら人間を作っている。

他の臓器を助けて生きなさい、という利他の精神が作用しているといえる。

生きているということがいかに凄いことか。宗教、感情、愛、木々、自然に人間は生かされている。

「人類はひとつであるという感覚をもち、シンプルで慎み深い生活をしなければなりません。国益を第一に考えて行動を起こすべきではありません。人類を第一に。世界が幸せであれば、自分も幸せになれるのです。

人間の怒りが争いを起こす。怒りは他者を排除する心から起きるからだ。基本的な人間性はポジティブだと知ることで勇気と自信を持つことができる。信じること、ポジティブであると人間のミラー細胞（他人の喜ぶ姿を見て、自分も喜ぶ細胞）が活発になります。

生けるものには科学の常識を超えるものがあるのです。利他の遺伝子もそう。他者を助ける、幸せを分け与える、これが人間の倫理であると思います。

ネズミや動物には宗教はありません。けれど愛はわかる。誰かが愛情を示してくれたことが嬉しい。それが倫理です。反対に苦しみを他者に与えれば、戻ってくる。私たちは努力しなければならない。

外的な美ではなく内的な美を。

私たちのふるさとは地球以外にないのです。火星に移住することができたとしても難民は受け入れないでしょう。

軍事兵器に金をかけることをやめたなら、どれほどの人類を救えることか。

誰も戦争など好きではない。それは人を殺すということだから。

私は人間だから幸せを求めたい。同じ地球人であり人間なのだから。彼らの未来は私次第、私の幸せも彼ら次第。

七三億がひとつになるという感覚が欲しい。そうすれば殺戮するという根拠がなくなるはずだ。頭脳はそういうことに使う。

破壊に頭脳を使ってはならない」

核兵器がどんな弊害をもたらすかを深く考えねばならない。被爆経験国である日本からも強く発信しなければならない。

核兵器を破棄することを日本人が立ち上がって叫ばないといけない。

24　日本、この美しき感性の島国

多くの日本人がそうであると思うが、私は日本が大好きな日本人である。日本人の根底に流れている血は、人情に溢れ、義を尊び、恥を知っていることだと思っている。

ソクラテスが「無知の知」（私は無知であることを知っている）「汝自らを知れ」（何もわかっていない、ということを知る）と言ったように、我々日本人も恥ずべき行動は何かを知っている国民である。それとともに義のために労苦を惜しまない国民性を持っている。しかも勤勉である。

アサヒビールの中條高徳顧問が講演で語られたが、「我々を守るために亡くなった兵士を思うと、のうのうと生きてはいられなかった」。

中條さんは九段下のマンションに住んでおられたため、毎朝靖国神社へ参拝されていた。その中條さんが「アサヒスーパードライ」を開発した当時、ビール市場はキリンの独走状態でアサヒビールは厳しい状況下にあった。

何とかしたいと中條さんが靖国神社で祈っていると突然、戦友たちの顔が浮かんできて、「中條、おまえはまだ名誉、金が欲しいのか。俺たちは皆、国のために死んだのだぞ」と語りかけてきた。

頭の中が真っ白になり、中條さんは玉砂利にひれ伏したそうである。

その後、中條さんは皆が喜んでくれる美味しいビールを作ろうと決意し、技術者たちと苦労して「アサヒスーパードライ」を世に送り出すことになった。

中條さんがおっしゃっていた忘れられない言葉がある。

「戦後、戦勝国のリーダーたちから、日本の再建には百年はかかる、と言われていた。それなのに、どうして戦後二十年で東京オリンピックが開催されるまでに再建できたのか？」確かに日本人は勤勉でその上食べるものも無かったから、何とかしようと一生懸命働いてきた。

「しかし、それだけではない。ひとつだけ忘れないで欲しい」中條さんは訴えるように語った。

「私を含め、戦地から帰ってきた人間が、戦死した戦友たちに対して、生き恥をさらしながら〝生きているだけで申し訳ない〟という思いで必死にやった。だからこそ、日本の再建につながったのです。そのことだけは忘れないでもらいたい」

中條さんは谷口雅春先生著『真理の吟唱』をいつも携帯し、自分のバイブルにしていた。そして私の講演依頼はすべて最優先してくださって、十五年間全国を回ることができた。

中條さんの言葉に加えて私は「英霊の徳切れ」を強く思う。

日本の戦後復興の原動力には私たちの祖父、父たち世代の頑張りがあった。

しかし、もうひとつの理由は、英霊の方々の多大な「徳」があって、その「徳」が日本を守ってくれた。

ところが戦後には新たな大きな「徳」が積まれていないので、その英霊たちの「徳」を使い切ってしまい、現在は「徳切れ」の状況になっている、と私は考えている。

今からでも遅くはない。多くの人が「徳」を積み、天国でこの日本を見ている彼らに恥じないように、敗戦すれども早急に日本を立て直したような徳積みをしなければいけない。

私も多くの方たちに成長させてもらった。人間生きている限り一生学びである。どのように学び、どのように生かすか、自己問答しながら生きてきた。

結果、躓《つまず》きながらもいつしか揺るがない精神を持つことができた。私は幸いにして嫉妬心というものを持つことがない。嫉妬とは人を惑わせ心を惑わせる。

そうしたものは持たない方がいい。猜疑心という言葉も私は好きではない。猜疑心というものは、頭ではいけないこと、と否定しても、一度持ったならば頭で否定しても心ではどんどん育っていくものだ。だから持たないほうがいい。

一度決めたならば、迷いや怖れを捨てて直進してきた。すべては天が優しく柔らかく包み、見ていると信じて、常に心に神想観を抱き、天を仰ぎ感謝している。

多くのことに心から感謝できる今、私は毎日がわくわくと楽しい。何事が起きようと天が下す天の御心に任せる。敵を作り出すのは己の心だと知るべきである。

脛《すね》に傷を持たないものは少ない。その傷を膿《う》ませるまでにしてはいけない。

25　役に立つことの喜び

私は一人の日本人に過ぎないが、先にも書いたように今では毎日が幸せだ。宝庫は自分の心の中にあると信じているので、心の中に雑念、迷い、疑念、など入れないようにしている。するとスムーズに日常が動く。

今でも早朝の神社参りは欠かさない。地方に出かけない限り、日参し両手を合わせて祈る。力まずに風と一体になったように自然な気持ちのまま祈る。

私の一日はそうして始まる。目を閉じて両手を合わせていると、感謝の気持ちが自然に起きてくる。そして不思議なことが当然のように起きる。

日本経済人懇話会の月例会を十数年間続けているが、毎月講師で来てくださる方を私自身で選び、お願いしなければならない。毎月、著名な方に来て頂くのは至難の業に思えるだろう。次の講師を誰にお願いすべきか、なかなか浮かばないこともある。

けれども私は焦ったりしない。信じている。きっと見つかる……と。するとある日、依頼すべき人が空から降って来たように候補にあがる。

私は即行動するが、断られることもある。そんな時は無理強いせずに引き下がる。すると何時間後かに承諾の電話が入ってきたりする。

私は感動して小躍りする。天が味方している……と感じる瞬間だ。

すぐに決まっても嬉しいし、断られた後で決まっても、何度もそのことを反芻して感動する。私は幸せだな、と涙が出そうになる。


友人がこう言ったことがある。物欲には限りがない。ないどころかどんどん欲が大きくなるとともに、人を小さく醜くしていく。しかし精神の満足は心に残り、それはその人をどんどん心豊かな素敵な人間にしていく、と。その通りだと思う。

私のもとには様々な人たちが尋ねてくる。悩みを打ち明けられると、私は何とかしよう、きっとできる、と信じて行動する。

それが心の悩みなら祈ることを勧める。祈りはいつでもどこでもできる。じたばたせずに、心静かに祈ることを勧める。

事業がうまくいかずに四面楚歌の状態で苦悩している人には、私が知る限りの伝を頼りに、融資、ＴＰＯ、援助、と依頼者が苦悩から解き放たれるよう行動する。

糸口が見つかり、喜ぶ人を見ていると役に立ったことが嬉しくなる。私の顔もほころぶ。

これが人間なのだ、これが日本人なのだ、と思う。

私は多くの人に支えられ、恩を受けてきた。今は、その恩を返しているのだと思う。

26　振り向けばすべてが学び

　昭和十三年八月、神奈川県横浜市に生まれた私は、父と暮らしたのは五年という短い間だった。

　父は敗戦色の濃い昭和十九年七月、満州に出征し、当地にて医者として昭和二十八年まで帰れず死去。三十八歳の短い人生を閉じた。

　お袋宛ての手紙には「早く日本に帰りたい。だが私にはまだやらねばならない仕事がある……」と何度も綴られていた記憶がある。

　母子家庭の貧しい暮らしではあったが、苦しいとか悲しいとか惨めだという気持ちは一切なかった。お袋が命懸けで私と妹を育ててくれたからだ。

　終戦後、お袋の実家の一部屋を借りての生活は、雨露をしのげるだけでもありがたかった。

「実家の世話がなければ私たちは生きていくことはできなかった、頼むよ、生涯かけて実家に恩返ししておくれよ」お袋は私にそう言った。

お袋の口癖は「人様に迷惑はかけるな。死んだお父ちゃんに恥をかかせないでおくれ」だった。私はその言葉を肝に銘じて生きてきた。

人様に目に見えた迷惑をかけないだけではなく、精神的にも迷惑をかけてはいけないということだ。お袋の言葉を心に刻み、人に気づかれないように気を遣うことを学んだ。

これはなかなか心地いい。いつしか、いつも笑顔でいられる自分になった。自分にとっても他の人にとっても笑顔はいいものだ。

大学時代は四年間ヤマト運輸でアルバイトして学費を稼ぎ、百五十人ほどのアルバイト大学生の責任者を任せられた。四年間続けられたのは楽しかったからだ。

誠実で暖かい人柄の素晴らしい主任とモサの仲間たちとの青春に悔いなしだ。

私はつくづく幸せ者である。

長野県に本社がある北信土建株式会社の東京支店に就職が内定すると、授業のない日は出社するようにとの要請があり、私は週三回出社した。典型的な中小企業であったが素晴らしい業務内容と社長、役員に恵まれた会社だった。

学生服から背広に着替えた私は、命の掛け合いといっても過言ではない勝負の世界（いわゆる談合の世界）で二十代から三十代に貴重な経験をすることができた。筆舌では表現しきれない凄まじい日々を、若い時代に経験し生きてきた。人生には無駄はない。その時の経験は今でも私の脳裏に残っている。

二十代の後半に交通事故を起こし、六歳の男の子を撥ねてしまった。病院に担ぎ込まれた子供は、内臓破裂で仮死状態が続いた。その後、奇跡的に生還したのだが、再び内臓が破裂し入院してしまった。

途方にくれるような慰謝料の請求、身から出た錆とはいえ、到底用意できない金額に、私は誰も知らない遠くに逃げようかと真剣に考えた。

そんな時に、生長の家を熱心に学んでいた伯母の勧めで、私も生長の家の深淵に触れることができた。

私は祈ることを知り、救われることとなる。

たかが一人の社員の慰謝料のために、高額の小切手を切ってくださった社長。私は「男なら、仕事で返せ」という社長の言葉通り、身を粉にして働いた。私の祈りはやがて本物となり、三十歳の時に生長の家に入会した。


同じ年に結婚し子供も授かった。女房にはとても感謝している。私は家にいないことの方が多い。休む間もなく働き、講演して回る。明日は北海道、三日後に九州、そして植林のためにインドネシアのスマトラ島に飛び、次の週はカンボジアに出かける。

忙しすぎて女房をどこにも連れて行くことができない。そんな私に何一つ不満を漏らすことなく、只々「気をつけて行っていらっしゃい」そう言って送り出してくれる。喧嘩もしたことはない。私がこの忙しさの中、こうして元気でいられるのは女房のお陰である。

お袋が六十代後半に脳梗塞で倒れた時、病院で添い寝して懸命に看病してくれたお陰で、何の後遺症もなく退院できたものの七十代後半に再発し、退院しても通院が必要だった。

その時女房は五十過ぎているにもかかわらず、お袋を病院に連れて行かなければならないと、運転免許を取ってくれた。そこまでしてくれる驚きとともに、本当にありがたかった。

結婚して半年後、早朝に玄関のブザーが鳴った。「神谷さんのお宅ですか？警察の者ですが」逮捕状の用紙が私の顔に突きつけられた。

来るものが来た……という感であったが、連行されていく私の後ろ姿に、女房は目に一杯涙をためていた。涙に濡れながら何も言わずに私を送り出すその姿は余りにも痛々しすぎて、今でもその姿を思い起こす度に、申し訳なさでいっぱいになる。

人はみなワケあって生まれて来た。巡り合いもそうならば、女房と平安に過ごせる日々をつくづく幸せに思う。


四十二歳の時に、玉置和郎参議院議員から声がかかり、株式会社富士工（当時一部上場企業）に入社し、社長付き部長の役を頂いた。同時に玉置代議士の秘書を兼務し、冨士工の社員として、再建に力を注いでほしいと言われて第二の人生をスタートさせ、多くの政財界の知己を得るチャンスに恵まれた。

二〇〇九年には地球環境を考え、石油エネルギーの代替となるエタノールを開発すべくブラジルに渡った。二酸化炭素排出量の削減のための真剣勝負だった。

ブラジルでは石油に代わるエタノールの生産が盛んに行われている。我々日本も環境のためにそうするべきだと交渉の結果、世界第五位の国営石油会社と合弁会社を作ることができた。

ルーラ大統領と執務室にて二十分もの謁見ができたことは大変な経験になった。

次の年にはバングラデシュの経済発展協会理事長も務めさせて頂き、日本に暮らすバングラデシュの人たちを元気づけたいと、毎年夏になると日本人から寄付を集め、池袋の豊島公会堂を借りて音楽会を開催する。

六百名を超す人々が集まり、その笑顔を見られることが嬉しい。世界は繋がっている……と歓喜できるひと時だ。

他にもベトナム商工会議所日本代表専務理事を務め、ベトナムに飛ぶこと二十回を超える。

村上和雄名誉教授は「人間は七十七歳から八十五歳に、より魂が向上する」とおっしゃっていた。

そうか、私は魂をより磨く歳になったのか。感慨深いではないか。根拠は特にないが、私は八十八まで現役でいられる気がする。

私には歳を取ることも楽しい。

エピローグ

最近になって神棚に飾った物がある。

それは私の耳から出てきた一センチもありそうな硬い塊だ。

突然、私の右の耳にシャワーの水が入り、耳が聞こえなくなったのだ。片耳が聞こえないのは不便なものだ。話をする時、相手の声の方に聞こえる方の左の耳を向けなければならない。

そうしているうちに、私はハッと気が付くことがあった。これは心の法則ではないのか……。私がその話は聞きたくないと強く思った故に、耳は自然に塞がれたのでは……。

私はいたく反省し、聞きましょう、いかなるものもこの耳で……と穏やかな心でそう思った。

すると夏場に原稿を書いていて、横になったらポンとその塊が耳から落ちてきたのだ。そういうことだったたのだ……。

心の法則を忘れてはならない、と教えてくれた塊を神棚に飾り毎日拝むことで、私の心は感謝と喜びに満ちる。


七十三億人、すべて顔も指紋も違っている。そう、すべての人はワケ（理由）があって生まれてきた。苦悩のない人はいない。同じように幸せになれない人もいない。誰もが幸せになれる。

蒔いた種は帳尻があうように育つ。刈り取るのは自分。ワケがあって生まれて来た私たちは目に見えない力で生かされていることを自覚する必要がある。

当たり前がどんなに素敵なことか感謝すべきだ。人間は生えている髪の毛一本作れないのだ。だからこそ生かされる当たり前がどんなに素敵か感謝すべきだと思う。

良心を与えてくれたその良心が神だと思えばいい。その良心に従って生きればいい。

私もワケがあって生まれてきた。やがて天に召される日まで、心から笑って心から感動し、生を全うしたい。

素直な心で今日もいつもの神社に向かう。

ありがとうございます……と心から手を合わせて、私の一日が始まる。

おわりに

戦後の、食べ物がほとんどない厳しい状況の中、幼い二人の子供のために命がけで育ててくれたお袋。その後ろ姿を見ながら、私は成長しました。

本書はその母親に贈る感謝の一冊です。

今回、新版を出版するにあたり、また多くの方々のお世話になりました。

とりわけ大和七生先生には、大きな勇気とお力添えをいただきました。

心からお礼申し上げます。

最後に、お読みくださいました皆様ご自身に、多くの「感動と喜び」が訪れますことを祈っております。

　ありがとうございました。

神谷　光徳

本書は二〇一五年七月に弊社で出版した
書籍を新書判として改訂したものです。

最新版
感動は人生の成功を呼ぶ

著　者　神谷光徳
発行者　真船美保子
発行所　KK ロングセラーズ
東京都新宿区高田馬場 2-1-2　〒 169-0075
電話　(03) 3204-5161 (代)　振替 00120-7-145737
http://www.kklong.co.jp
印　刷　中央精版印刷(株)　製　本　(株)難波製本

落丁・乱丁はお取り替えいたします。
※定価と発行日はカバーに表示してあります。
ISBN978-4-8454-5114-2 Printed In Japan 2020